光文社文庫

長編サスペンス・ミステリー

眠れない町

赤川次郎

光　文　社

『眠れない町』

目次

プロローグ

「仕事があるだけいいじゃないの」

それが妻の口ぐせだった。

確かに、当っていないわけではない。しかし、そう思ったところで、仕事の疲れが少しでも軽くなるわけでは、もちろんなかった。

カーテンに朝の明るさがぼんやりと浮かび上って来ると、矢吹徹治《やぶきてつじ》はキーボードを叩《たた》く手を休めて、椅子《いす》から立ち上った。

――また徹夜だ。

カーテンを開ける前に、大きな欠伸《あくび》をして、肩をほぐそうと何度か上下させる。

「矢吹徹治じゃなくて、矢吹徹夜と改名するか」

と、プロダクションの仲間と飲みながら冗談に言ったものだ。

面白くも何ともない。――本当になってしまいそうだ。

カーテンを開けると、団地の棟々の合間に朝の太陽がわずかに顔を覗《のぞ》かせていた。

これからは、日に日に、朝が遅くなる。

徹夜していても、いくらか気が楽だ。さて、寝ようというとき、抜けるような青空では、疲れも倍になってしまう。

伸びをして、矢吹徹治はまた机の前に戻った。

「あなた」

「ワッ!」

と、矢吹は声を上げた。「びっくりさせるなよ」

「私しかいないでしょ、女は」

妻のそのみが、パジャマ姿で立っていた。

「愛《あい》だって女だぞ」

「十歳は『子供』。『女』とは言わないわ」

と言って、そのみも欠伸すると、「――いやだ、うつっちゃった」

「何だよ。ずいぶん早いじゃないか」

「目が覚めたのよ。言うの忘れてた。――運動会、出てね」

「運動会? またそんなのがあるのか?」

と、矢吹はパソコンに向って、「欠席ってわけにいかないのか？」

「何言ってんの。団地の運動会は欠席で出しといたわ。愛の学校のよ」

「それなら行くよ」

と、矢吹はキーボードを叩きながら、

「いつだい？」

「十月十日」

「分った」

「ちゃんと空《あ》けといてね。あーあ……」

そのみは欠伸して、「じゃ、おやすみ」

「ああ」

——矢吹はそのみがベッドへ戻って行くと、深呼吸した。

あと一ページ。

頑張れ！　——そう自分を励ましながら、矢吹はいつしか居眠りしていた。

ふっと目を覚ますと、

「——やった！」

パソコンの液晶画面に、〈@〉だの〈＊〉だのがズラズラと並んでいた。

居眠りしている間に、指がキーに触れていたのだ。

畜生！　眠ってる間に勝手に打っといてくれるワープロなんてもんがありゃ、百万出しても買うのにな。

――矢吹徹治はフリーのライター、兼編集者である。

ライターとして、雑誌のコラムや記事を書きながら、編集プロダクションに所属して、雑誌や本の編集を請《う》け負《お》っている。

不況の中、どっちか一方ではとても食べていけない。

かくて、こうして仕事しながら朝を迎えるのである。

「今日も昨日と同じ、か」

と、矢吹は呟《つぶや》いたが――。

それは正しくなかった。もちろん、矢吹は知る由もなかったのだが。

1　階段

「寝ないの？」

と、コーヒーを注《つ》ぎながら、そのみが言った。

「寝たいさ、そりゃ。しかし、午前中に届けないと、レイアウト」

朝、すっかりもう明るい。

「愛、まだ寝てるのか」

「あと十五分したら起すわ」

と、そのみは時計を見て、「ゆうべは塾で遅かったから、寝不足なのよ」

「十歳の子供が寝不足か」

と、ため息をつく。

「仕方ないでしょ、中学受験のため」

――この団地はかなりの広さと戸数があり、小学校も中学校も、この中にある。

愛は今、ここの小学校の四年生だが、中学校は大分「荒れている」という評判で、団地内でも、子供を私立へ行かせようという家が少なくない。

愛は、この春から塾に通い始めたが、他の子たちは、二年生から通っている。そのみはいささか「焦《あせ》って」いるのだった。

「一時間でも寝たら？　出る前に起すわよ」

「いや、早く出て、社のパソコンを使いたい。午後帰ったら寝るよ」

と、矢吹は言った。「お前、今日は？」

「六時まで。夕ご飯のおかずは何か買って帰るわ」

そのみは近くのスーパーでパートの仕事をしている。塾の費用だけでなく、私立中学を受けるとなると、お金もかかる。

もし合格したら、もっと必要だ。

「そのときは父に頼むから」

と、そのみは言っているが。

コーヒーを飲んで、矢吹は立ち上った。

「出かけてくる」

「ひげ、剃《そ》ってから行ってね」

「忘れてた！」

と、矢吹は顎《あご》に手をやって言った。

「そのまま行ったら、ホームレスかと思われるわよ」

「全くだな」

愛が起きて来たら、洗面所を使われてしまう。――矢吹はあわててひげを当りに行った……。


徹夜明け。

――編集の仕事をしていれば、朝の町を帰宅することなど珍しくない。

何人かで、夜通しの作業を終え、すっかり明るくなった町へ出るときなど、普段よりも目は冴《さ》えて、頭もいやにスッキリと快適で、

「仕事をした」

という充実感に足どりも軽くなる。

――若い内の話である。

矢吹も三十二、三までは、二日三日徹夜しても後に疲れが残らなかった。

ぐっすりと、八時間寝て起きれば、対談の仕事、取材、インタビュー、何でも手早く

こなせたものだ。

しかし、今、三十八になってみると……。

若い日々の無理が、一斉に「つけを払え」と押しかけて来ている具合なのである。

「——行ってくる」

と、〈605〉のわが家を出る。

エレベーターは、もう大分混《こ》み始めていた。

十一階建の棟に、エレベーター二基。朝の出勤時は、苛々《いらいら》と待つことになる。各階で乗せて来るので、六階まで来ると一杯で乗れないことも珍しくない。

以前なら、エレベーターを待たずに階段を駆け下りたものだ。

エレベーターのすぐわきを階段が通っていて、今も、パタパタと足音たてて下りて来る人が少なくない。

エレベーターを待っていては遅刻するという「ぎりぎり組」と、苛々して待つくらいなら、歩いて下りようという「せっかち組」である。

その点、矢吹の場合は九時までに出社しなくてはいけないわけではなく、気が楽だった。

「おい、まだか……」

と、ため息をついて、エレベーターを待っていると、

「矢吹さん」

と、階段の方から声をかけて来たのは、十階に住む城山《しろやま》という勤め人。

「やあ、おはようございます」

「歩きましょうよ、下まで。待ってても乗れるとは限らないし」

団地の自治会で一緒に役員をしたことがあって、それ以来割合に親しくしている。

十階だが、朝は必ず歩いて階段を下りて来るのだ。

「六階からなんて、すぐじゃないですか。体も目がさめるし。——さあ」

こっちは一睡もしていないのだ、と言いたかったが、歩けないほど参っているわけでもない。

「じゃ、そうしますか」

「ええ、それがいいですよ。運動は体にいい」

と、城山は言った。

二人は、並んで階段を下りて行く。

正直、六階でも、下りはそう疲れない。ただ、膝《ひざ》に力が入って、後で震えて困ることもあるのだが——。

「いいですね。お元気で」

と、やっと一階へ下り立つと、矢吹は言った。

「矢吹さんだって」

「いや、もうだめですよ」

「まだ四十前じゃないですか。僕は四十一ですよ」

運動不足で腹の出て来た矢吹と違い、城山はほっそりとして身が軽い。

「何しろ、無茶な暮しですから」

と、矢吹は言った。

外へ出ると、空気がひんやりと冷たい。

「やあ、秋だなあ」

郊外の団地なので、都心に比べると、二、三度気温が低い。朝の目ざましにはちょうど良かった。

「バスが遅れてないといいですがね」

と、城山が腕時計を見る。

城山が足どりを速めたので、矢吹の方はついて行くのがやっと。

——団地の棟があちこちに立ち並ぶ、このニュータウンの一画は、ここだけで万に近い人口を抱《かか》えている。

朝ともなれば、一斉に出勤していく男女の群は、川のように途切れずに続いている。

「バスが来る！　急ぎましょう」

一本待てば、と矢吹は言いたかったが、城山が駆け出すので、仕方なくついて行った。たちまち息が苦しくなって、ハアハアと喘《あえ》ぐ。

なまじ見通しがきくので、遠くからバスのやって来るのが見えるのである。

そうなると、乗り遅れたくないのが人情というもの。

矢吹など、「どうせなら、すぐ近くまで行かないとバスの来るのが分らないようにしてくれないかな」と思っている。

集団心理というのか、一人が走り出すと、近くにいる面々も一斉に走り出してしまうのだ。

「――間に合った！」

城山と矢吹は、何とかそのバスに乗り込んで、息をついた。

「苦しい！　――いや、もうだめだ！」

矢吹は、吊《つ》り革につかまって、しばらくは口もきけない状態だった。

城山の方は、息を弾ませてはいるが、笑って、

「いや、悪いことをしたな。矢吹さんはこれでなくても良かったんだ」

と余裕を見せている。

「いや……。運動不足を……補《おぎな》ってると思えば……」

と、矢吹は途切れ途切れに言った。

「少し走るといいですよ。僕は帰ってから、入浴前にこの辺を三十分ランニングしてるんです。ひと汗かいて風呂へ入る。――気持いいですよ」

「はあ……。お付合いしたいのはやまやまですが……」

「今度お誘いしますよ」

と言われても、そんな「まともな時間」には帰っていない矢吹である。

走らない口実にはなるとホッとしていた。

――バスは団地のあちこちを回って、十五分ほどで駅に着く。

出勤時のこの時間には、バスは満員。

駅の少し手前では、矢吹もギュウギュウ押されて体が歪《ゆが》みそうだった。

「冬が思いやられるな」

と、城山が言った。「このところ、一段と混んでますからね」

新しく建ったブロックが、九月末から入居を開始している。大部分の人は、こうして朝のバスに詰め込まれて来るのだから、混雑がひどくなるのも当然だ。

冬になると、みんなコートで「着太り」しているので、更に混む。城山のように、毎朝決った時間に電車に乗らなくてはならない場合は（たいていの人はそうだ）、なおさら深刻である。

「駅前、終点です」

と、声がして、前後の両方で扉が開くと、客がドッと降りて行く。

降りるなり改札口へと駆け出す者もいる。

これで、電車がまた混んでいる。――この駅では、押し込まれるほどではないが、都心へ出るころには、やはり押し合いへし合いの状態である。

矢吹はこの時間帯に来ることがほとんどない。――フリーライターも、下請《したう》けの編集プロダクションも、保証のない不安定な仕事だが、「ラッシュアワーの電車に毎朝乗らなくていい」ことだけは感謝したい点だった。

――バスを降りると、矢吹は、

「どうぞ先へ行って下さい。僕は一つ後の電車で間に合います」

と、城山へ言った。

「それじゃ、また」

城山が大股《おおまた》に改札口へと急ぐ。

「元気だなあ」

と、矢吹はのんびりと（自分ではせかせかと急いでいるつもりだが）、改札口へ。

ギュウ詰めのバスから解放されると、体が軽くなったようだ。

ポケットを探っていると、ポンと肩を叩かれ、振り向いた。

「やあ、久代《ひさよ》ちゃんか」

「矢吹さん、こんな時間に乗ることあるの」

紺のセーラー服にグレーのコートをはおった十七歳の女子高生、坂西《さかにし》久代である。

「今朝はちょっと用があってね」

と、矢吹は言った。「久代ちゃんはいつもこれぐらい？」

「今日は少し遅刻」

ペロッと舌を出して、「でも、サボらないで行くだけ偉いでしょ」

「自分で言ってりゃ世話ないや」

と、矢吹は笑って言った。

——坂西久代は、矢吹と同じ〈2－9号棟〉の〈412〉に住んでいる。都心の方の私立女子高校に通う二年生だ。

団地内での運動会で一緒に二人三脚などやったことがあり、口をきくようになった。母親との二人暮しで、そのせいもあるのか大人びた感じの落ちついた子だ。年齢はずっと離れているが、友だち同士のような気安さでしゃべれる。

「今、一緒にいたの、城山さん？」

と、一緒に通路を歩いて行く。

「うん。元気だよ。あの人は」

「そうね。矢吹さんより年上よね」

「おい、何が言いたいんだ？」

「何も」

と、とぼけて、坂西久代は弾《はじ》けるような笑い声を上げた。

この駅のホームは高台になっていて、冬になると風が容赦なく吹きつけて凍《こご》えてしまう。——夏は日射《ひざ》しがまともに照りつけて暑い。

これくらいの時期が、客にとっては一番楽なのである。

矢吹と坂西久代が階段をホームへと上って行くと、ちょうど上りの電車がホームへ入って来る音がした。ここでも、むろん階段を駆け上る人が沢山いる。

「あら、城山さん」

と、久代が言った。

矢吹も、城山が階段を上り切ったところで、手すりにもたれて立っているのに気付いた。

「どうしたんだろう。――城山さん」

矢吹が、城山の肩を叩く。「どうしたんだ？　――城山さん」

城山は、頭を前に垂れて立っていた。

そして、矢吹がその肩を軽くつかんで、

「大丈夫ですか？」

と揺さぶると――ゆっくりと城山の体は前へ倒れて来た。

これには矢吹もびっくりした。下手《へた》に倒れたら、階段をずっと下まで転がり落ちてしまう。

あわてて城山の体を支えたが、ぐったりと力の抜けた体は重い。

「大丈夫？」

久代も驚いて力を貸す。

「久代ちゃん。――駅員を！　人を呼んでくれ！」

「はい！」

久代がホームにいた駅員へと駆けて行く。

「城山さん！　しっかりして！」

矢吹は大声で呼んだが、城山は全く反応しなかった。

矢吹は、誰か力を貸してくれないかと周りを見回したが、誰もが忙しく通り過ぎて行くばかり。

やっと、久代が駅員を引っ張って戻って来た。

2　遺　体

「この人の名前は？」

救急隊員に訊《き》かれて、矢吹はとっさに答えが出て来なかった。

「城山さんです」

と、一緒にいた久代が代りに答える。

「城山さんね。――城山さん！　――城山さん、聞こえますか？」

自分で思っている以上にショックを受けていたようで、矢吹はチラッと久代を見て、

「ありがとう」

と、小声で言った。

久代は、大したことじゃない、と言うように首を振った。そして軽く矢吹の手を握ってくれた。

これじゃ、どっちが年上か分らないな、と矢吹は苦笑した。

「――これはだめだな」

と、救急隊員が首を振って言った。

「だめ、と言うと……」

「もう亡くなってますよ」

呼びかけても何の反応もない。――分っていても良さそうなものだったが、やはりそれだけは考えることを拒んでいた。

「ともかく、ここから一番近いM大付属病院へ運んでみます。応急処置をしても、まあだめでしょう」

駅の事務棟にある小部屋。

ここへ運び込んで一一九番通報してもらったのだが、ともかく面倒がって何もしようとしないので、頭に来た矢吹は、

「毎日毎日、この線を利用してたんだぞ！」

と、怒鳴《どな》ってやったものだ。

しかし、あの元気だった城山が……。

しばし、矢吹は言葉もなかった。

「この方のお知り合いですか」

と、救急隊員に訊かれて、矢吹は少し深く息をすると、

「ご近所です。同じ団地の同じ棟で」

「じゃ、ご自宅へ連絡できますか？　奥さんは――」

「家の電話は――確か分ります」

「じゃ、お手数ですがね、奥さんがおられたら、M大付属病院へおいで下さるように」

「今、かけてみます」

矢吹は、携帯電話を取り出し、手帳を出して電話番号のメモをめくった。携帯にメモリーさせておくほどかけることはない。

「――あった。久代ちゃん、悪いけど、番号を読んで」

「うん」

番号を押しながら、矢吹はハッとした。久代には学校があるのだ。

「――だめだ、留守電になってる」

「よく出かけてるから、あそこの奥さん」

救急隊員の方は、その間に病院へ連絡していたが、

「じゃ、留守電に吹き込んでおいて下さい。あなたもお勤めがおありでしょう。病院の方からも連絡してもらいます」

いかにも事務的だが、それが矢吹の動揺を鎮《しず》めてくれる。

「――じゃ、よろしく」

自分の名刺を渡して、矢吹は久代と二人でホームへと戻った。

「ごめんよ、久代ちゃん。君、学校が――」

「そんなことといいの」

と、久代は首を振って、「人一人、亡くなったんですもの。ちゃんと先生に話すわ」

「しかし――ショックだ」

言うと言葉が空々しく聞こえる。

「ついさっきまで一緒だった人が……。もう助からないんでしょうね」

「あの分じゃ……。心臓だな、きっと」

ホームは、まだ混んでいたが、二十分ほどの間にピークを過ぎて、殺気立った空気は消えていた。

「矢吹さんも、急ぐんでしょ？」

「ああ、でも――会社へ行ってから少し仕事するつもりだったから、大丈夫。何とかなる」

「遅れないように。遅れないように。――それで天地が引っくり返るようなこと言って……。きっと、大したことじゃないのよね。私一人遅刻したって、学校はいつも通り授業してるし、先生だって明日になりゃ忘れてる」

「そうだなあ……。城山さんも無理してたんだ、きっと」

リズムよく階段を十階から駆け下りていた城山。バスが見えて走り出した城山。

もし、あのバスが、もう少し遅く来て、あそこで走っていなければ、城山は生きていたかもしれない。たとえ、具合が悪くなっても、すぐに死んでしまうことはなかったかも……。

そう考えると、矢吹はゾッとした。

人の命一つ、風船がパンと割れるように消えてしまうのだ。

「電車、来た」

と、久代が言って、急に矢吹の手をギュッと握りしめた。

矢吹がびっくりして久代を見ると、十七歳の少女は目に涙をためて、

「死なないでね、矢吹さん」

と言った。

「――ああ、大丈夫だ。死なないよ」

真面目《まじめ》にこんな言葉を言ったことはない。しかし、今は「死」がすぐそばにいるよう

な気分だったのである。

電車がホームへ入って来ると、久代はパッと手を離して、

「じゃ、私、後ろの方に行くね！　階段が近いから」

いつもの明るい口調に戻って、久代はホームの人ごみを巧《たく》みにすり抜けながら、駆けて行った……。


「朝刊の配達されるころでないと帰れないから、〈朝刊〉って名にしたんだ」

――本当かどうか。

誰も確かめたことはないが、ここで働くみんなそう思っている。

――矢吹徹治が所属している編集プロダクションは、〈朝刊〉という名なのだ。

矢吹は社員というより、契約ライター兼編集者なので、毎日遅いわけではない。

大体、十五人ほどの社員、みんなが出勤も退社もバラバラで、席にいなくても、休んでいるのか、仕事で外出しているのか分らない。

連絡は専《もっぱ》ら〈ケータイ〉で、中には、〈家庭用〉と〈仕事用〉、二つ持って使い分けているのもいる。

もう一台〈不倫用〉を持っていると噂《うわさ》の男もいるが、誰も確かめたことはない。

「――矢吹さん！」

雑誌やゲラ刷《ずり》が山のように積み上げられた机の上で、パソコンの画面に向っていた矢吹は顔を上げた。

「やあ、久しぶりだね」

スニーカーにスーツ姿という、変った取り合せのスラリと長身の女性は、矢吹と同様、フリーの編集者、川崎《かわさき》エミである。

今、三十代の初め――といっても大分前からそう言っている――で、元気と好奇心の塊《かたまり》のような女性である。

「久しぶり、って、先週〈R〉で会ったでしょ」

〈R〉は、編集者がよく出入りするバーの名だ。

「そうだっけ？」

「憶《おぼ》えてないんだから！　もういい加減酔ってたもんね」

「悪い悪い。このところ、酔うと次の日にはたいてい忘れてる」

「年齢《とし》ね。――ま、人のことは言えないけどな」

と、川崎エミはパソコンの画面を覗き込んで、「これ、〈P〉のページ？」

「うん。レイアウトがもう一つ決らなくて。このコラムを削りゃいいんだが、短くなりすぎて格好悪いだろ」

「あなたが書いたの？」

「ああ」

「じゃ、削りたくないわよね。——この写真トリミングして、右へ寄せちゃえば？」

エミがマウスをいじって、画面を動かす。

「——そういう手があるか。うん、これでいこう」

矢吹は肯《うなず》いて、「助かった！　ありがとう」

「矢吹さんはライターだからね。基本的に。私はエディター」

と、エミは言って、「今日は遅くまで？」

「いや、これで帰る。ゆうべ一睡もしてないんだ」

「あら、いつものことでしょ。飲んで帰らない？」

——昼過ぎに帰るつもりが、結局夜の八時だ。

朝、あんなことがあったので、仕事に身が入らなかったのも事実である。

「そうだな……」

少し迷ったが、「悪いが、今日は帰る」

「無理にとは言わないけど……。どこか具合でも悪いの？」

「そうじゃないんだ。ただ、今朝ね——」

矢吹が今朝の出来事を話してやると、

「怖《こわ》いわね。——ストレスがたまってたんでしょうね、きっと」

と、川崎エミは肯いて、「私も帰って、荷物の整理でもするか」

「荷物？　——ああ、引越すとか言ってたっけ。もう越したのか」

「うん。この前の日曜日にね」

「どの辺だ？」

エミはちょっと笑みを浮かべて、

「〈3－6〉の〈303〉」

「え？　うちと同じ団地？」

「それも先週話したけど、憶えてないわよね」

と、エミは言った。

「じゃ、ご近所か！　〈3－6〉っていうと……」

「スーパーのすぐ裏手」

「ああ、分った。五階建？」

「私のところは八階建。五階建だとエレベーター、ないんですもの。引越しも大変でしょ」

「何か不便があれば言ってくれ。手を貸すよ」

エミは、もう十年来の付合いなので、矢吹の妻、そのみとも顔見知りだ。

「じゃ、片付けて――」

と、矢吹がパソコンの画面のレイアウトをプリントアウトしていると、〈ケータイ〉が鳴った。

「はい、矢吹です。――もしもし？」

「矢吹か」

男の声だった。

仕事の電話、という感じではない。

「どなた？」

「――須藤《すどう》だよ」

矢吹の方が面食らって、しばらく言葉が出なかった。

「おい、分るか？」

「分るよ！　久しぶりだな！　しかし――よく分ったな、この番号が」

「ああ、ちょっと知った奴がいて……。元気か」

「何とかやってる。十年ぶりくらいか？　結婚式以来だろう」

「そうだな」

高校での友人の一人だ。大学は医学部へ進んだはずだ。

「お前、確か防衛大へ行ったんだな。そうだろ？」

「うん。今はちょっと違う研究関連の施設にいるんだ」

「じゃ、医者じゃないのか。開業でもして大金持になってるかと思ったぜ」

「そんなんじゃないさ」

と、須藤はちょっと笑ったが、どこか元気がない。

「何か用事だったのか？」

「うん、ちょっと――時間があったら会えないかと思って」

「いいよ。昼間なら、比較的自由になる。お前は？」

「仕事がちょっと遠いんだ。日曜日にでも会えないか」

「いいとも。今度の日曜日？　俺はいいよ。もっとも、午前中は死んでるから――つまり眠ってるってことだ」

言い直していた。「死んでる」と言ったとたん、城山のことを思い出したのだ。

「こっちも休日はほとんど寝てるよ」

と、須藤は言った。「じゃ、お前のいる団地まで行くよ。駅前ででも待ち合せよう」

「分った。じゃ——午後三時で？　駅の改札口を出ると、〈F〉って喫茶店がある。そこで」

「ああ、分った。悪いな、突然」

「いや……。お前、結婚したのか？」

「うん。海外へ行ってるときだったんで、連絡しなかった。家内は日本人だが、ストックホルムで知り合った留学生でね」

「そうか。じゃ、日曜日にゆっくり」

「うん。奥さんと——娘さんだったな。元気か」

「元気にしてるよ。ありがとう」

「よろしく言ってくれ。それじゃ」

通話は終ったが、矢吹は首をかしげていた。

「どうかしたの？」

と、エミが訊く。

「いや……。高校のときの友だちだけど、ずいぶん久しぶりで。——それに、元気がないんでね」

「あなたの年代は、みんな疲れてるのよ」

「きついね」

と、矢吹は苦笑した。

気になっていたのは、それだけじゃなかった。

十年以上も会っていない須藤が、誰からこの携帯の番号を聞いたのだろう？

それに、奇妙なことだが、待ち合せの喫茶店のことを、須藤の口ぶりは、知っているかのようだった。それに団地への電車のことなども、訊こうともしなかった。

あそこへ来たことがあるのだろうか。

そして、そのみのこと、愛のこと。――娘がいるという話も、直接したことはないと思うが……。

もちろん、共通の友人を通して聞いたのかもしれず、大したことではない。だが……。

「――帰るか」

と、矢吹は言って、立ち上った。

3 間《かん》隙《げき》

帰りの電車は楽に座れた。

「もう少し遅いと、また混むよ。飲んで帰る連中がいるし、本数も少ない」

「憶えとくわ」

と、川崎エミが言った。「居眠りして乗り過したことは？」

「二、三度だな。――よほどのことがない限り、少し手前で目がさめるよ」

「私、こんなに長く電車で通ったことないから、結構緊張するのよ」

と、エミは言った。「終電の時間はしっかりメモしてあるけど」

「十一時過ぎるとバスがない。タクシーは少ないから行列だしな。歩いた方が早いよ」

「大勢いる？」

「ああ、団地までは少なくとも何十人もいるから、危いことはない」

「歩くと、十五分？　二十分？」

「少し急いで十五分かな。真冬辺《あた》りは寒くて辛《つら》いがね」

と、矢吹は言った。「タクシーで帰りたければ、特急の停《とま》る、手前のK駅で降りて乗るといいよ。タクシーが多いから。二千円くらいかな、あそこなら」

「さすが、ベテラン！」

と、エミは座って、「色々教えてね、先輩！」

「よせよ、気持悪い」

「あ、私が言うと『気持悪い』の？　どうしてよ」

二人でやり合っていると、

「あ、矢吹さん」

と、声がした。

「ああ、どうも――」

反射的にそう言ったきり、矢吹は凍りついてしまった。

立っていたのは、スーツ姿の城山充子《みつこ》だった。――城山の妻君だ。

「今お帰り？　今日はお早いですね」

と言われて、

「ええ……。お出かけですか」

と、やっと言葉が出た。

「朝から、お友だちの所へ。今度、高校の同窓会をやるんですの」

と、城山充子は言った。「その幹事を仰《おお》せつかったもんですから、お友だちの所へ幹事が集まって、案内状の作成から、封筒の宛名《あてな》書き、当日の分担とか、司会の進め方とか……。みんな忙しくて、なかなか集まれないので、一度にやってしまおうというんで、こんな時間に」

「それは――ご苦労様です」

「忠志《ただし》は母の所へ預けてあるので、明日迎えに行きます。でも、幼稚園に通うようになったら、こんなこともできなくなりますね」

「そうですね。あ。――こちらは同業の川崎君です。今度あの団地へ越して来たので」

「よろしく、城山と申します」

と、充子は挨拶《あいさつ》すると、「じゃ、また」

と、少し離れた空席の方へ歩いて行った。

「――どうしたの？　青い顔してるわよ」

と、エミが言った。

「あの人のご主人だ」

「え？」

「今朝、ホームで倒れて亡くなった……」

「まあ。——それじゃ……」

「何も知らないんだ。自宅の留守電に入れたけど、聞いてなければ、分るはずもない」

「どうするの？」

「だって——こんな所で言えるか？『ご主人は今朝亡くなったんですよ』って？」

つい、声が低くなる。

あれがすべて幻か、夢だったのなら、——城山充子の姿を見たとき、一瞬、矢吹はそう思った。

「でも、その留守電、あなたの声でしょ？　あの奥さんが帰ってそれを聞いたら……」

確かにそうだ。

しかし——何も知らずに、ウトウトしている様子の彼女に、何と言えばいいのか。

「M大付属病院は、一つ手前の駅の前だ。話さなきゃな……」

「ええ、そうよ」

矢吹は情ない顔でエミを見て、

「じゃ……成り行きで、ついて行くことになるかも……」

「奥さんへ電話しておいた方がいいかもしれないわよ」

「うん、そうだな」

電車の中ではあったが、矢吹は自宅へ携帯でかけた。

「——あなた、今どこ？」

と、そのみが出る。

「帰りの電車だ」

「食事は？　一応、おかず、取ってあるけど。大体の時間が分れば温めておくわ」

「帰ってからでいい。そのみ、今朝、城山さんと一緒になったんだ」

「十階の？　それがどうしたの？」

矢吹の話に、そのみは唖然《あぜん》として、

「まあ！　——大変じゃないの」

「今から、奥さんへ話す。それ次第で、少し遅くなる。腹ペコだけどな」

と、矢吹は付け加えた……。

あと二つで、M大付属病院のある駅だ。

気は重いが、矢吹は立ち上って、城山充子の方へと歩いて行った。

隣も空いている。

「――奥さん、いいですか」

と声をかけると、眠っていたわけではないらしく、目を開けて、

「どうぞ」

「失礼……」

矢吹は、ため息をつくと、「奥さん、実は――」

「分ってますわ」

「は？」

充子は微笑《ほほえ》んで、

「あの方のこと、奥様には内緒にしておきますわ。そのことでしょ？」

矢吹はポカンとしていたが、

「ああ！　違います。そんなことじゃないんです。川崎君のことは家内もよく知っていて、長い付合いで」

「あら、ごめんなさい。てっきり、私……」

と、充子は笑いをかみ殺して、「それじゃ何のご用？」

「実は……申し上げにくいんですが……」

矢吹はしばらくためらっていたが、

「今朝、ご主人と一緒になったんです」

「あら、そうですの」

「駅で——ホームへ上ったところで、ご主人が倒れたんです」

矢吹は、充子の顔を見ていられなかった。

目をそらして、床の一点を見つめたまま、話を続けて行ったのである。


ずいぶん待たされてしまった。

もちろん、場合が場合だけに、仕方がないとも言えるが、矢吹は（不人情なようだが）お腹《なか》が空《す》いて目が回りそうだったのである。

もう病院の中は眠りについていて、廊下も静かだ。——そこでじっと座って待っているると、お腹が時々グーッと鳴って、隣に座っている城山充子に気付かれるのではないかと気が気じゃなかった。

「——城山さん？」

白衣の医師がやって来る。

「はい」

と、充子が立ち上り、矢吹もつられたように腰を上げた。

「家内です」

「そうですか。――そちらは？」

矢吹は、もう何回もした同じ説明をくり返した。

「ああ、それじゃ、あなたが届け出て下さったんですね」

「というか……駅で……」

訂正するのも面倒くさい。

「主人は……」

と、充子が言った。

「ご主人は、ここへ運ばれて来たとき、既に心臓が停止していました。蘇生《そせい》させるためにできるだけのことはしましたが、もう手遅れで……」

充子は、表情を変えずに、

「主人は死んだんですね」

と言った。

「そういうことです。――今、地階の霊安室に。看護師に今ご案内させます」

「恐れ入ります」

と、充子はていねいに頭を下げた。

こんなとき、人間は必要以上に礼儀正しくなってしまうものだ。そうすることで、バランスを取ろうとしているのだろう。

医師が、

「じゃ、少しお待ち下さい」

と言って、立ち去ると、また矢吹は充子と二人で残されてしまった。

——参った！　どうしよう？

これでまた何十分も待たされたら……。

すると、充子が、

「矢吹さん」

と振り向いて、「どうもすみません。お付合い下さって」

「いや、とんでもない」

「どうぞ、もう帰られて下さい」

「いや、いいですよ。別に僕は——」

「私は大丈夫です。奥様がお待ちですわ」

そう言われても、

「それじゃ、これで」

と帰ってしまうのも気が咎《とが》めた。

「それじゃ、せめてお食事なさって来て下さい」

「え？」

「さっきからお腹が――」

言われたとたん、矢吹のお腹がグーッと派手な音をたてた。

充子は、こんなときなのに笑ってしまって、

「ね、どうぞ。――駅前にレストランがあるわ。あそこなら」

「すみません」

と、矢吹は言った。「じゃ、急いで食べて来ますから」

「そんなこと……。本当に大丈夫ですから、私。もしかしたら人違いかもしれないし」

「はあ……」

「ねえ、よく似た別の人で……、そんなことだってありますよね」

と、充子は言った。「ここで泣いて、家へ帰ったら、主人がむくれてて、『今ごろまでどこへ行ってたんだ！』なんて怒ってたりして……」

「奥さん――」

「ですから、心配なさらないで。私、大丈夫ですわ。主人とよく似た人に、ちゃんと手

を合せて……。だって、何かの縁ですものね、こんな所で……」

充子が、放心したような目で、「――こんな所で、ずっと一人で……。可哀《かわい》そうに」

そしてハッとしたように、矢吹の腕をつかむと、

「矢吹さん！　あの人を起してやって！　主人は眠ってるだけですわ。ちょっと眠りが深くて、お医者様も勘違いされてるんです。あの人は――そりゃあ眠りの深い人だったんですから……」

と言うと――急に充子はその場に崩れるように倒れてしまった。

「奥さん！　――奥さん！」

矢吹はあわてて、「ちょっと！　すみません、誰か来て下さい！」

充子は失神してしまっていた。

矢吹は、看護師の姿を求めて、

「すみません！　誰か！」

と、廊下を駆けて行った。


「大変だったのは分るけど」

と、そのみが言った。「もう少し落ちついて食べたら？」

「生きるか死ぬかだ！」

矢吹は三杯目のご飯を夢中でかっこんでいた。「――腹が痛い」

「当り前よ。空きっ腹にその勢いで食べてりゃ」

そのみは呆《あき》れて言った。「まだ食べる？」

「少し……休んでから考える」

と、矢吹は息をついた。

あの後、失神した城山充子を病院任せにして帰るわけにもいかず、三十分ほどして、充子はやっと意識を取り戻したのだが、霊安室で夫と対面したらまたどうなるか、と思うとやはり付き添っていくことになるのだった。

帰宅したのは午前三時。

病院へは、充子の母親が知らせを聞いてやって来てくれたのである。

「――こんな時間か」

と、矢吹は時計を見て、「おい、寝てくれ。朝、起きられないぞ」

「勝手言って」

と、そのみは苦笑した。「あなたは？」

「俺か……。食べることしか考えてなかった。少し落ちついたら、今夜やらなきゃいけない仕事があるかどうか、思い出してみる」

「ごゆっくり」

と、そのみは言って、大欠伸《おおあくび》すると、「じゃ、寝るわね。――二、三時間は眠れる」

「おやすみ」

行きかけたそのみが、ふと振り向くと、

「あなた」

「何だ？」

「――体に気を付けて。無理して死なないでね」

矢吹は、何とも言えずに、そのみに向って肯いて見せただけだった……。

4　通夜の灯《ひ》

タクシーが一揺れして、矢吹は目を覚ました。

「もうじきですか」

と、運転手に訊《き》かれて、外を見る。

郊外団地の困るところは、どこも似たような景色になることで、ことに夜になると今自分がどこにいるか、判断するのが難しい。

「ええと……駅は過ぎた？」

「ええ、ついさっき」

「じゃあ……。あ、次の信号を左折だ」

やっと様子がつかめてホッとする。

やれやれ……。よく眠ったよ。

矢吹は、欠伸《あくび》をしたが、もう頭の方はすっきりしていた。――タクシーで都心から帰ることなどめったにない。おかげで存分に寝入ってしまったというわけだ。

広告会社の営業マンと飲んで、その営業マンから、仕事用のタクシーチケットをもらったのである。

珍しいことだ。実はその営業マンの娘が大ファンの漫画家を、矢吹が仕事の関係でよく知っていた。頼まれて、その漫画家のサインをもらってやり、その「お礼」が、このタクシーというわけだ。

礼をするにも、会社持ちのタクシー代というのが、いかにもせちがらくて、この不況下の広告会社の懐具合を思わせる。

それでも、大事な仕事先だ。何度も礼を言ったことは言うまでもない。

ポケットで携帯電話が鳴り出した。

誰だ？

「――もしもし」

「矢吹さん？　私、久代」

坂西久代だ。――城山が倒れたとき居合せた、女子高校生である。

「やあ、どうした？」

「ごめんなさい、遅くに。今、お宅？」

「家へ帰るタクシーの中さ」

「そう。ならいいわね、話してても」

「あと五、六分で着くけどね。何だい？」

「今夜、城山さんのお通夜だったでしょ。行った？」

「いや、行ってない。明日の告別式に行くよ」

「そう……。奥さん、みえてたわ」

「ああ、女房は昼間より夜の方が出やすいんだ。僕は夜が一番忙しいからね」

「それで、私——ちょっと気になったもんだから」

「というと？」

「私、母と二人で行ったんだけど、ちょうど奥さんが出て来るところだったの。何人かみえていて、私、お焼香するのに少し並んだわ。城山さんの奥さんに一番近い辺りだったの」

と、久代は言った。「並んでると、誰かが——たぶん自治会の役員だと思うけど、よく分らない。男の人がね、城山さんの奥さんのそばへ来て小声で話してたの。その話の中に矢吹さんの名が何回も出たのよ」

「ふーん。じゃ、きっと駅でのこととか……」

「私もそう思ったわ。でもね、奥さんの反応が……」

「どうした？」

「妙なの。だって、矢吹さんは駅でも城山さんの面倒みたんだし、奥さんのことだって
――」

「ああ、ずっと病院に付き添ってた」

「でもね、聞いた感じじゃ、矢吹さんのこと、悪く言ってるみたいだった」

「どんな風に？」

「よく聞き取れなくて悔《くや》しかったんだけど、ともかく、そんな印象だったの。心当り、ない？」

「思い当らないな」

「私の思い過しならいいんだけど……。ごめんね、変なこと言って」

「いや、そんなこと――。あ、その先を右へ」

と、運転手へ指示して、「もう着くから。ありがとう」

「うん、それじゃ」

と、久代は言った。「矢吹さん、ちゃんと眠ってね」

久代の気づかいには、矢吹も感謝した。

――通話を終えて、携帯をポケットへ戻すとき、ふと窓の外へ目をやると、通夜の営まれたはずの――そして明日の告別式もそこで行われる――集会所の建物が見えた。

そして、集会所の前に車が何台か停《とま》っていて、人影が見える。

こんな時間に何だろう？

今は「通夜」といっても、本当に夜通し人がいるわけではない。

真夜中にあんな所に出入りするのは、何の用がある人間だろう？

そして、もっと妙だったのは、暗くてはっきりとは見えなかったが、その車の一台が、救急車のようだったことだ。

見えていたのは一瞬で、はっきりとは言えないが……。

しかし、矢吹は大して気にとめなかった。

明日の告別式に着ていく黒のスーツ、あったかな、と思い始めると、そっちの方が気になったのだ……。


「――あなた」

と、そのみが玄関で呼んだ。「早くして！　終っちゃうわよ」

「すぐだよ」

矢吹は、鏡の前で、黒のネクタイが曲っているのを直し、急いで玄関へと出て行った。

「何してたの？」

と、そのみが口を尖《とが》らす。

「ちょっとな」

矢吹はそう言って、「香典、持ったか？」

「ええ」

二人はエレベーターで一階へと下りて行った。

「城山さんは、いつも十階から階段で下りてた」

と、矢吹はエレベーターの中で言った。

「そうだったわね。——健康そのものみたいな方だったのに」

「分らないもんだな」

「無理しないことよ」

「無理しなきゃ、仕事なんかできないよ」

と、矢吹は言った。

外へ出ると、風が冷たい。——空は厚く雲で覆われていた。

——矢吹は、上着の前をきちんと合せてボタンを留めた。

時間がかかったのは、二年くらい前に作ったこの黒のスーツ、ズボンがきつくて、どう腹を引っ込めてもボタンが留らなかったからだった。

そのみに言って笑われるのもいやで、黙っていることにしたのである。

「――まだ人が入ってくわ」

と、そのみが言った。

「ゆうべ出てるんだから、出なくてもいいのに」

「でも、同じ棟で……、奥さんとも顔を合せるでしょ」

そのみはそう言って、「あなた出して」

と、香典の袋を渡す。

矢吹は、受付で記帳すると、そのみと一緒に中へ入って行った。

団地の中には、区画ごとにこういう集会所の建物があって、色々、教室を開き、エアロビクスだの太極拳《たいきょくけん》だのをやっている。

学校の教室の半分ほどの広さの部屋が、この団地内でいつもお葬式などに使われる。

中へ入ると、椅子が並べてあるが、座っているのは十人ほど。やはり、こういう昼間の時間には、主婦が多いので、いつまでもここにはいられないのだ。

正面に、城山伸治《しんじ》の、元気そうな笑顔があった。写真がカラーなので、いつものよう

に、矢吹へ、

「さあ、歩いて下りましょうよ！」

と呼びかけて来そうだ。

傍《そば》の椅子に、未亡人がうつむき加減に座っていて、他に親戚《しんせき》なのだろう、見かけたことのない顔が何人か並んでいる。

矢吹は、そのみと二人、遺影の前へ出て、焼香すると、両手を合せた。

そして、充子の方へ向いたのだが――。

思いがけないものがそこにあった。

顔を上げた充子が、激しい憎しみをこめた目で、矢吹をにらんでいたのである。

矢吹が当惑していると、

「主人に何てことをしたの！」

と、充子が突然叫んで立ち上った。

「奥さん……」

「あの人は疲れ切ってたのよ！　それなのに……」

充子が進み出てくると、いきなり矢吹の胸ぐらをつかんで、「あの人を返して！　代りに死んで、あの人を返してよ！」

と、泣きながら叫んだ。

矢吹はわけが分らず、

「奥さん……。落ちついて下さいよ。――一体何の話です?」

「聞いたわよ! 主人が疲れ切ってたのに、あなたがバス停まで走らせたって。バスの中でも、主人に一番混んだ所へ立たせたって」

「――とんでもない! それは何かの間違いですよ!」

「ごまかさないで! 何日も眠れずに苦しんでたあの人を……」

眠れずに? ――矢吹は、あの日の爽《さわ》やかそのものだった城山の様子を思い出して、愕然《がくぜん》とした。

「あの人に何の恨みがあったの? あんなにいい人だったのに――」

充子は、声を上げて泣き出した。

呆然《ぼうぜん》としている矢吹から充子を引き離したのは、親戚らしい男性で、

「さあ、席に戻って……。しっかりするんだ」

と、支えるようにして元の椅子へ座らせた。

「――あなた」

そのみも青ざめていた。

「行こう」

と、矢吹は言った。「何かの間違いだ」

「ええ……」

矢吹は、居合せた人たちの、非難の視線を浴びながら、集会所から外へ出た。

「――冗談じゃないぜ」

と、少し行ってから矢吹は首を振って言った。

「どういうことなの？」

「さっぱり分らないよ」

と、肩をすくめて、「バス停まで走ったのは、城山さんの方だ。こっちは息を切らしながらついて行ったんだよ」

「ねえ、いつもの城山さんを知ってれば、おかしな話だって分るけど、今のこと、きっとあちこちに広まるわね」

そうか。――矢吹は、ゆうべ電話で坂西久代が言っていたのはこのことだったのか、と思い当った。

だが、一体誰がそんな話を充子へ吹き込んだのだろう？

「――何日も眠ってなかったなんて、知ってた？」

そのみにそう言われて、

「そういえば、そう言ってたな。城山さんが何日も眠ってなかった？　とても考えられないよ」

「でも奥さんがああ言ってるんだから」

「あのときの城山さんを見てれば、誰だって信じないさ。――目が充血してるわけでも、目の下にくまができてるわけでもない。あの写真の通りの爽やかな顔をしてた」

「変よね……。どういうことなのかしら」

そのみは、腕時計を見て、「スーパーに行かなくちゃ！」

「俺も仕事だ。――今夜は遅くなると思う」

矢吹の言葉に、そのみは返事もしなかった。あまりにいつものことだったからだ。

5　休憩所

「そのみさん。お葬式でもあった？」

同じスーパーでのパート仲間、中原京子《なかはらきようこ》にそう言われて、そのみはびっくりした。

「どうして分るの？」

「やっぱりね。お香の匂《にお》いがしてるわ」

「本当？」

そのみは、思わず腕を持ち上げて匂いをかいだ。

――スーパーのロッカールーム。

ここで制服に着替えるのである。

「ね、そんなに匂う？　お客さんに分るかしら」

「大丈夫よ」

と、中原京子は笑って、「私の鼻って、犬並みに鋭いの」

「そう？　大丈夫かしら……」

それでも気になって、そのみはロッカールームを出ながら、何度も自分の匂いをかいでみた。

お焼香のときは黒いスーツだし、それはもちろん脱いで着替えて来た。普通なら、そう匂わないはずである。

「あ、時間よ、急がないと」

交替の時間に遅れると、前の人にいやな顔をされる。たいてい、みんなここが終れば、子供のお稽古《けいこ》ごとだの塾だのについて行く予定があるのだ。

その点はお互い様だった。

小走りに受け持ちのフロアへ急いで、

「ごめんなさい！」

と駆けつけると、

「あと一分あるわよ」

と、前の主婦にからかわれてしまった。

「——お疲れさま」

交替して、そのみは商品を棚へ並べる仕事を始めた。

このパートも、いつまでもやっているつもりはない。しかし、近い場所で適当な仕事が他にないことも事実なのである。

もう少しきつくても、収入の多い仕事はないか。——そのみはいつもそう思っていた。

カートを押して行くと、急にわきから出て来た人にぶつけそうになってしまう。

「失礼しました！」

と、あわてて謝ると、

「何だ、矢吹さんじゃないですか」

「え？」

背広姿のその男性に、何となく見憶《みおぼ》えがあった。

「あ、武井《たけい》さん？」

「何だ、忘れられてたのか」

と、相手は笑って、「僕の方はすぐ思い出したのに」

「ごめんなさい」

と、そのみも笑顔になった。

そのみが愛を通わせていた幼稚園で、同じクラスに武井の子供がいた。色々な行事や父母参観で顔を合せている。

「哲《てつ》ちゃん、元気？」

「ええ。僕の息子にしちゃスポーツが得意でね」

と、武井は言った。

確かに、親子で運動会に参加したりすると、武井は無器用で、よく息子の哲にいやな顔をされていたものだ。

「今日はお買物？」

と、そのみは言った。

「いいえ。うちがこのスーパーへ納めてるんで」

「ああ、そうか。食品会社だったわね」

「〈Mフーズ〉です。よろしく」

と、武井は名刺を出して、そのみに渡した。

「私みたいなパートのおばさんがいただいてもね」

と、名刺を見て、「まあ、武井さん、〈取締役〉？」

「僕の親父《おやじ》が社長なんでね」

「まあ、知らなかったわ」

小学校で、武井の息子は名門と言われる私立校へ入っていた。それ以来、親同士、顔を合せる機会もなかったのである。

「じゃ、お金持の坊っちゃんなんだ。身分が違ってたのね」

「大げさだな」

と、武井は笑った。

武井紀夫《のりお》は、そのみの夫と同じ三十八である。小柄で太っていて、人なつっこい印象の男だ。

妻君が病気がちで、幼稚園の行事にはたいてい父親が来ていて、一緒に役員をやったりして、そのみは気軽に口をきくようになったのだった。

「ごめんなさい、品物を棚へ出さなきゃいけないの」

と、そのみは言った。「じゃ、また」

「ええ、また近々」

別れて、もうたぶん会うこともないだろうが、そのみは、愛が幼稚園に行っていたころのことを思い出して、ついニコニコしてしまうのだった……。

——空《から》のカートを押して戻ってくると、

「そのみさん！」

と、中原京子がひどくあわてた様子でやって来る。

「どうしたの？」

「大変なの。お客さんが突然倒れて……」

「倒れた？」

「来てくれる？」

「でも……」

「お願い！」

引っ張られるようにして連れて行かれたのは、社員用の休憩所。

ここはパートの者は入れないのである。

覗《のぞ》くと、ソファに若い奥さんらしい女性が横になっていた。

「お医者様は？」

「まだ……。いえ、ご本人が必要ないとおっしゃるんで」

「でも……」

近付いてみると、血の気のひいた顔で、じっと目を閉じている。

貧血でも起したのだろう。

「お客様……。いかがですか？」

そっと声をかけると、その女性はゆっくり目を開けて、

「私……どうしたんですか？」

「貧血を起されたんじゃないですか。お店で倒れられて」

「まあ……。すみません」

と、息をついて、「何だか――歩いてたら、突然スーッと気が遠くなり……」

「あの……お医者様を呼びますか。それとも救急車で――」

「いえ、少し寝ていれば大丈夫です」

と、その女性は言った。

二十代の後半ぐらいか。あまりこのスーパーで見た記憶のない人だ。

少し地味な感じではあるが、整った顔立ちである。

「じゃ、ここで少しお休み下さい」

と、そのみは言った。

「すみません。小林《こばやし》と申します。小林百合《ゆり》です」

「どうぞお気がねなく。――何かあればお呼び下さい。私、矢吹と申します」

「わざわざどうも……」

休憩所を出て、

「あの分なら大丈夫そうね」

と、そのみは言った。

「良かった！　助かったわ」

と、中原京子が胸に手を当て、大げさに嘆息した。

「どうしてそんなにあわててたの？」

と、売場の方へ戻りながら、そのみが中原京子に訊くと、

「一、二週間くらい前にね、やっぱり女の人が一人倒れたの」

「知らなかった」

「そのみさん、たぶんお休みだったと思うわ」

と、中原京子は言った。「すっかり意識失ってるみたいだったから、あわてて救急車を呼んで、病院へ運んだの。ところが後で主任さんに怒鳴られて……」

「まあ、どうして？」

「店の正面から運び出したのも気に入らなかったみたいね。ともかく救急車なんか呼ぶのはよっぽどの場合だけで、それも目につかないようにそっと裏からだって言われてたの」

「無茶ね」

と、そのみは苦笑した。「それで、救急車を呼びたくないと思ったのね」

「そうなの。でも助かった。一人じゃ心細くて」

「じゃ、売場へ戻って、後でまた様子を覗いてみるわ」

「よろしく」

そのみは、急いで持場へと戻った。

暑い夏ならともかく、この爽やかな秋の日に貧血で倒れる人が次々に出るというのも妙な気がする。

でも、女性は元来貧血など起しやすいのだ。

そのみも、別に大したことだと思わなかった……。


「——ありがとうございました」

そのみは時計を見て、交替に来てくれた仲間と肯《うなず》き合って、素早くレジを代った。

「お疲れさま」

という声を背に、伸びをしながらロッカールームへ向う。

立ちっ放しの仕事は辛《つら》い。——もちろん、仕事となれば、何でも楽ではないが。

ロッカールームへ入って、

「あら」

と、床に転がっているサンダル靴を見て、眉《まゆ》をひそめた。

「これ……中原さんのじゃない？」

片方しかないのも変だ。――どうしたんだろう？

〈中原京子〉という名札のロッカーを開けてみようとしたが、ロックされている。

何かで、あわてて帰ったのか。

それでも、靴を片方残していくなんてことが……。

「あ、そうだ」

忘れていた！

あの休憩所で休んでもらっていた女性、何といったかしら？　小林……。確か小林だった。

様子を見ておくと言って、すっかり忘れていた。

もうとっくに帰っただろうが、一応気がかりなので、そのみは着替えをしてから、休憩所へ行ってみた。

中を覗くと、タバコをふかしていた三、四人の女性店員が、

「パートの人は入れないのよ」

「ええ、知ってます」

と、そのみは言った。「さっき、お客様が一人、貧血起されてここで休んでいただいてたんですけど、ご存知ですか？」

「さあ……。見なかったわよ」

「私も。帰ったんじゃない？」

「それならいいんです。——失礼しました」

と、そのみは会釈《えしやく》して、「——感じ悪い」

と呟《つぶや》いた。

でも、あの客は元気になったのだろう。

そのみはスーパーの社員通用口を出て、大欠伸をした。

もう暗くなっている。——帰って夕ご飯の仕度だ。

愛は塾なので、帰りが遅い。

お腹がグーッと鳴った。

「その辺で、ラーメンでも？」

という声に振り向くと、武井が立っている。

「あら、聞こえた？」

と、そのみは顔を赤らめた。

「しっかりね」

と、武井は笑って、「車があるから、送るよ」

「でも、悪いわ」

「途中、何か食べていこう。――いいんだろ?」

「夕食は、子供が塾から戻ってからなの。――それじゃ、軽く」

「うん。こっちだよ」

武井について、そのみは駐車場へと歩いて行った。

6　突然の夜

「悪いわね」

と、矢吹そのみはくり返した。

「ちっとも」

車を運転している武井は、上機嫌である。

「図々《ずうずう》しく送ってもらって。——でも、大丈夫なの？　まだ少し赤いわよ、顔」

そのみの働くスーパーに食料品を納めている武井、「ラーメンでも」と誘ったが、結局はちゃんとした中華料理の店で食事をして、武井はビールも飲んでいた。

「平気さ。僕は絶対捕まらない」

「まあ、自信たっぷり」

と、そのみは笑って、「昔の武井さんは、そんなじゃなかったわね」

「あのころは、自分が親の会社を継ぐって決心もついていなかったしね」

武井は車を団地の中へ入れて、「——この道だっけ？」

「ええ。少し行くと左手に公園があるの。そこを右」

「思い出して来たぞ！　あの公園の池にボールが落ちて、僕はびしょ濡《ぬ》れになりながら取りに入った」

「ああ、ソフトボール大会のときね！　そんなこともあったわね」

お互いの子供がこの中の幼稚園へ通っていたころ、武井もこの団地にいた。小学校に上るとき、武井の家は、その私立校の近くへ越して行ったのだが……。

社長の息子だった武井には、いずれこの団地は「仮住い」だったのだろう。

車が公園の所に差しかかると、武井は車を停《と》めた。

「——あら、どうしたの？」

「まだ時間は大丈夫だろ？　酔いもさましたいし、少し公園で休んでいかないか？」

そう言われると、おごってもらったことでもあり、断りにくい。それに家まで車ならもう二、三分の距離だ。

「いいわよ」

と、そのみは言った。

車を降りると、公園の中へブラリと入って行く。

「静かだ」

と、武井は息をついた。

昼間、子供を連れた母親で溢《あふ》れるこの公園だが、今は人っ子一人いない。

「ちっとも変ってないな」

と、池を見渡す。

「武井さんは変ったわね」

と、そのみが言った。

「僕、変った？」

「悪く言ってるんじゃないのよ」

と、そのみは急いで言った。「あのころは気楽に口のきける、人のいいおじさんって感じだった。でも今はそうじゃないわ」

「僕自身は変ってるつもりはないけどね」

「そうね。でも、仕事が充実してるってことじゃない？　すてきだわ」

正直、そのみは口にこそ出さないが、武井が「いい方」にばかり変ったわけではないと感じていた。

でも、そうは言えない。そのみはしがないパートタイマーであり、武井は〈Mフーズ〉の次期社長。下手に怒らせでもしたら、クビかもしれない。

そのみにそんなことを考えさせること自体、武井が変っているからだろう。

食事をしていて、そのみは武井が店のウエイトレスやマネージャーをはっきり見下した口をきいているのを見て、少しがっかりしていたのだ。

以前の武井はこうではなかった。

幼稚園でも、先生だけでなく、事務の女性や雑用係の年寄りまで、同じようにやさしく愛想良く接していた。武井のそういうところを好きだったのだが……。

人間、偉くなってしまうと、同じではいられなくなる。仕方のないことなのだろうか……。

「確かにね」

と、武井は池を眺めながら、「仕事してるときが一番充実してる。大きな仕事をするって、すてきなことなんだ」

「分るわ」

「君は——幸せ?」

唐突な問いに、そのみはちょっと面食らって、

「あらあら。——人生相談もやってるの、今は?」

と笑ったが、武井はどう見ても真剣だった。

「まあ幸せね、おかげさまで」

と、少しおどけて答えた。

「ずっとこの団地にいるつもり？」

「たぶんね。――フリーの編集者なんて、不安定な職業ですもの。少しは貯金もしないと。引越しなんてする余裕ないわよ」

そのみはちょっと息をついて、「じゃ――ここからは歩いて帰るわ。すぐだもの。今夜は本当に――」

出しぬけに抱き寄せられて、唇をふさがれていた。抵抗するもうっとりするもない。

何が起ったか分らなかった。

武井が離れて、

「びっくりした？」

と訊いた。

「当り前よ」

と、半ば呆然《なか》としていると、武井の携帯電話が鳴り出した。

「――もしもし。――ああ、何だ？　――うん、分った。すぐ社に戻る」

そのみは先に公園を出ていた。

武井がすぐに出て来て、

「すまん。急ぎの用ができて――」

「いいの。行って。私、歩く。――歩きたいの」

「それじゃ」

武井は車のドアを開け、「ま、た、ね」

――そのみは、武井の車がUターンして行くのを見送り、
と呟いた。

「どういうこと？」

考えてみれば、とんでもない話だ。

お互い結婚している身で、何てことをするんだろう！

怒って良かった――いや、怒るべきだったのだ。あまりびっくりして、怒るゆとりもなかったのである。

そのみは、自宅の棟へと歩き出した。

「またね、ですって？　冗談じゃない！」

と、思わず口に出して怒りながら。

塾から帰った愛と、食事を始めたところへ、矢吹が帰って来た。

「どうかしたの？」

と、そのみが訊く。

「いや、夜の約束がキャンセルになっただけさ。俺の分もあるか？」

「大丈夫よ。——まあ珍しい。三人で食事なんて」

愛も嬉《うれ》しそうに、

「やっぱり男がいた方が楽しいよね」

などと、ませた口をきく。

「今、帰りのバスで、隣の棟の人と一緒になった。名前、何てったかな。ほら、頭の天《てっ》辺《ぺん》がツルッと禿《は》げて光ってる——」

「ああ、あの人ね。名前は忘れちゃった」

と、そのみは言った。「はい、ご飯」

「うん。——気になってさ、例の城山さんのこと」

そのみがちょっと眉をひそめて見せた。愛に、妙なことを聞かせたくないと思ったのである。

「明日、小テストが返ってくるんだ」

愛は、父親の話など、気にもとめていないようだった。

「あら、楽しみね」

「ね、九〇点以上取ったら、バッグ買って」

「バッグって？」

「こうやってね、肩にかけるの。今、みんな持ってるんだよ」

子供の言う「みんな」は「クラスで二、三人」という意味なのである。

「結果を見てからね」

と、そのみは言った。「おかわりは？」

「おかずだけ食べる！」

「じゃ、そうしなさい」

「九時からＴＶ見るから」

そういう目標があると、子供は熱心である。

さっさと食べてＴＶの前に座る。

「——愛の前で言わないで」

と、そのみは小声で言った。

「すまん。――いや、それで話に出してみたんだ、城山さんのこと」

「何か言ってた？」

「耳には入ってるらしい。でも、『奥さんも急なことで気が動転してたんですよ』って言ってくれた」

「それなら良かったじゃないの」

「うん。あれだけ色々やってあげて恨まれちゃ、合わないよ」

と、矢吹は苦笑した。

「あなた、これ食べる？　足りないでしょ」

「ここんとこ、小食に慣れてるんだ」

「粗食に、でしょ」

「そうかな」

夜中まで、外で仕事があると、お弁当を買って食べるか、牛丼か、といったことになりやすい。

「そういえば今日――」

と、そのみがスーパーで貧血を起した女性客のことを話そうとすると、電話が鳴った。

「出るわ」

そのみが受話器を取り、「愛ちゃん、TVの音、小さくして」

と言った。

「もしもし、矢吹ですが」

「もしもし……」

男の子の声だ。おずおずとして、

「矢吹さんのお宅ですか」

「そうです。どなた？」

「あの……中原っていいます」

「中原――」

すぐには思い付かなかったが、「ええと――中原京子さんの？」

「はい、お母さんです」

と、ホッとした様子。

スーパーのパート仲間、中原京子の息子か。

「あらそう。純《じゅん》君、だっけ？　写真見たことあるわ」

と、そのみは言った。

中原京子は四十前後で、子供は中学へ入ったくらいだと聞いた気がする。

「どうしたの？」

と、そのみが訊くと、

「今日、お母さんと一緒でしたか？」

「今日？　ええ、お会いしたわよ」

「あの――まだ帰って来ないんです。何か知りませんか」

「お母さん、帰らないって？　変ね。帰りは一緒じゃなかったのよ。お母さん、先に出られたみたいで」

そのみは、ロッカールームにサンダル靴の片方が落ちていたことを思い出した。あのまま置いて来たが、本当に彼女のものだとすると……。

「そうですか。すみません」

「待って！　連絡もないのね？」

「はい。お母さん、必ず七時までには帰ってくるし、もし遅くなるなら、電話して来ると思うんです」

「そうね……。スーパーへは訊いてみた？」

「今、電話したんですけど、『パートのことなんか分らない』って」

心細げな男の子の声。そして向うに、

「お兄ちゃん、お腹空《なかす》いた」

という声がした。

「待ってろよ！」

そのみは、夫の方を見た。

「——どうした？」

「あなた、ちょっと車出してくれる？」

と、そのみは言った……。

7 事故

「ええ、年齢は四十。――そうです。中原京子。〈京都〉の〈京〉です。――はい」

そのみは、電話を切ると、台所へと戻った。

「どう、味は？」

テーブルでせっせとチャーハンを食べている兄妹へやさしく声をかけた。

「うん……。おいしい！」

口をモグモグやりながら、女の子が言った。

「良かった。まだ少し残ってるわよ、お鍋《なべ》に。食べてもいいのよ」

皿をきれいに空にした純が、

「ごちそうさま」

と、頭を下げた。

「いいえ、お粗末さま」

と、そのみは頭を下げ返して、「お兄ちゃんは、とってもお行儀がいいのね」

そのみの言葉に、純は恥ずかしそうに目を伏せた。——十三歳の中学一年生。

妹は香《かおり》といって、十歳、小学四年生だということだ。愛とちょうど同じだが、大分小柄で、もう少し下に見える。

「おかわり」

と、香が皿を出す。

「お前、よく食うな」

と、純が呆《あき》れたように言った。

「いいのよ。残してももったいない。——ね、香ちゃん」

そのみは、鍋に残ったチャーハンを手早く温めて、皿へすっかりさらえた。

「——おい」

と、矢吹が台所へ顔を出す。

「どうしたの？」

「ちょっと」

矢吹が手招きする。

——ここは中原京子の家だ。

大分古びた一軒家である。電話で純に道を訊き、やって来た。

「どうだって、警察？」

と、矢吹は言った。

「それらしい事故の報告とかないか、調べてもらってるわ。何かあれば連絡して来るって」

「そうか。――どうも、楽じゃない暮しぶりだな」

子供たちに聞こえないよう、小声で話をする。

「城山さんといい、この家といい、俺たちはどうしてこういうことに出くわすようになってるんだ？」

と、矢吹は言った。

「だって、放っておけないじゃないの。二人がお腹空《なかす》かしてて」

「分ってる。俺だってこれでいいと思ってるよ。ただ偶然が――」

「あら、どうしたの？」

そのみは純が立っているのに気付いた。

「お仕事があるのに、すみません。僕たちで待ってますから」

純の言い方が、そのみの胸を突いた。

「いいのよ。うちはお勤めじゃないから、朝早く起きなくていいの」

「気にしなくていい。家で仕事をしてるんだよ、僕は」

と、矢吹は言った。「お父さんは？　いないの？」

「お父さん……山梨の方に仕事で」

「お一人で？」

「はい」

「時々帰ってみえてるの？」

純は少し間を置いて、

「もう――一年以上、どこに行ったか、分んないんです」

と言った。

「分んない？　会社の人は？」

「向うで借りてたアパートから、いなくなっちゃったんです。会社のお金を持って」

「まあ……」

「その分を、お母さん、人からお金借りて会社へ返したんです。それで、すっかり貯金とかなくなって……」

「じゃあ……この一年、お父さんも送金して来ないのね」

「はい。——お母さんは、『お父さんはどこかで死んだのよ』って言ってました」

子供にはそうとでも言うしかあるまい。

「——大変だったのね。ちっとも知らなかったわ」

と、そのみは純の肩に手を置いて、

「でも、純ちゃんがしっかりしないとね。香ちゃんのこともみててあげなきゃ」

純は肯《うなず》いた。目に涙がたまっている。

——こうなると、ますます中原京子の身が心配だ。

こんな時間まで、電話一つ入れられないということは、何かよほどのことが起きたとしか思えない。

電話が鳴って、一瞬、そのみは出るのをためらった。中原京子からならいいのだが。

「——はい」

と、出ると、

「さっきお電話いただいた方ですね」

「はい」

「実は、お話のあった女性とよく似ているので……。車にはねられましてね。車は逃げてしまったんですが」

手が震えた。

「それで……」

「その人はさっき病院で亡くなったんです。身許《みもと》の分るものがなくて。見に来ていただけますか」

「分りました。どちらへ……」

神様、どうか人違いでありますように！

そのみは、祈る思いで目を閉じた。

顔を覆っていた白い布が外された。

「いかがですか」

立ち合った警官が言った。

そのみは目をつぶってしまっていた。――見るんだ。見なくては。

目を開けると、そのみは涙がにじむのを覚えた。

「――間違いありません」

声が震えた。

「中原京子さん、ですね？」

「――はい」

「分りました。どうも」

「子供さんが廊下に……。私から話しても？」

「お願いします」

そのみは、重い足どりで霊安室を出た。

矢吹が、純と香の二人の肩を抱くようにして立っている。

「――やっぱりか」

「ええ」

そのみは子供たちの前に膝《ひざ》をついて、

「――お母さん、車にはねられて……」

「死んだの？」

と、純が訊く。

そのみは黙って肯いた。

「会って来ていい？」

「ええ……」

「おいで」

純が香の手を引いて、霊安室のドアへと進んで行く。

「ツイてないな」

と、矢吹は言った。「パートじゃ、保障もないだろうし」

「ええ……」

そのみは、ドアの向うから子供たちの泣き声が聞こえてくると、思わずそっちへ背を向けてしまった。

「いや、どうも……」

と、警官も出て来て、「たまりません。とても見ていられませんよ」

と、ため息をつく。

「あの——中原さんをはねた車は、分らないんですか」

「目撃者もなくてね」

と、その中年の警官は、首を振って、「うちもあれぐらいの男の子がいるんで。——全くひどい話だ。父親は行方不明？」

「そのようです」

「消息が分らないか、調べてみましょう」

と、手帳へ書き込んだ。

「恐れ入ります」

と、そのみは礼を言った。

「とりあえず、あの子たちをみてくれる親類とかは？」

「よく分りません。母親とパートが一緒だっただけで……」

「ああ、そうでしょう。いや、こうして来て下さってありがたいです」

と言って、警官はちょっとためらってから、

「——母親の遺品があるんですが、あの子たちには言いにくい。代りに受け取っていただけますか」

「はあ……」

「サインしていただくだけです。後で、あの子たちの家へ届けますよ」

「そうしていただけると……」

「一応、品物を見て確認していただきたいんです。もちろん、分る物だけで結構です」

そのみも、それほど中原京子と親しかったわけではないので、気は進まなかったが、今さらいやとも言えない。

小部屋のテーブルに、バッグや腕時計などが並べられていた。

「バッグの中身も飛び出してしまっていたので、見付かった物だけです」

と、鏡の割れたコンパクトや、メガネケースなどを一つずつ取り上げ、記録と照合していった。

そのみは、子供たちの泣き声が聞こえているような気がして、涙ぐみながら、品物を見て行ったが――。

「あの……」

「何か？」

「この靴……」

「ああ、現場の付近を捜したんですがね、どうしてももう片方が見付からなかったんです」

そのみは青ざめた顔で、しばらくそれを眺めていた……。

「――どうかしたのか」

と、矢吹が訊いた。

廊下へ出て来たそのみが、あまりに青くなっていたからだ。

「いいえ」

そのみは首を振って、「あの子たちは？」

「まだ中にいるよ」

「そう……」

そのみは夫の手をつかんで、ギュッと握りしめた。

霊安室から、子供たちが出て来る。

「——大丈夫？」

と、そのみはかがみ込んで、純の頭を撫《な》でた。

「大丈夫です……」

と、しゃくり上げて、それでも純はもう泣かなかった。「今夜は家に帰ります」

「どなたか、叔父さんとか叔母さんとか……」

「学校の先生してる叔父さんが」

「そう。連絡とれる？」

「はい。——千葉の方なんで、遠いけど」

「じゃ、その叔父さんによくご相談しなさいね」

「はい……」

純はしっかりと肯いた。

——矢吹は車で二人の子供を元の家へ送り届けた。

妹の方はもう車の中で眠ってしまっていた。

矢吹が抱きかかえて入り、そのみの敷いた布団に寝かせる。

純は、玄関まで矢吹たちを送りに出て来て、

「ありがとうございました」

と、礼を言った。

「何かあったら、電話してね」

と、そのみは純の肩を叩《たた》いた。

車が走り出しても、純の姿はしばらく玄関前に見えていた。

「——健気《けなげ》な子だな」

と、矢吹は言った。「もう夜中の二時か。——お前も早く寝ないと」

そのみは険《けわ》しい表情で、じっと前方を見つめている。

「どうしたんだ？　様子が変だぞ」

と、矢吹が訊くと、

「あなた……」

「どうした」

そのみはしばらく黙っていたが、

「——何でもないの」

と首を振って、「疲れたわ。眠ってもいい？」

「十分ぐらいで着くぞ」

「ええ、目をつぶってるわ」

「分った。もし眠ってたら起してやるよ」

そのみは目をつぶった。

眠いわけではなかった。――眠れるわけがない。

しかし、動揺しているのを、夫に知られたくなかった。

話すべきだろうか？　でも――もしそうだとして、どうなるというのだろう？

そのみは、あの片方だけのサンダル靴を見た。もう片方が、見付かるわけはない。あのスーパーのロッカールームに残っているのだから。

車にはねられて死んだ。

もし、中原京子の死が本当に車にはねられたせいだったとしても、それは見付かった場所でのことではない。

靴を片方だけはいて帰るなどとはとても考えられない。車にはねられたとき、中原京子はもう死んでいたのだ。

それは「殺された」ということに他ならない。

誰かが中原京子をスーパーから運び出すとき、靴が片方脱げたのに気付かなかった。

そのとき、中原京子は生きていたのか。

それとも――。

あのスーパーの中で、いずれにせよ誰かが中原京子を殺すか、さらうかした。信じられないような話だが、事実だ。

そのみは、その考えを夫へ話していいものかどうか、判断できなかった。

目をつぶって、考えていた。――どうしよう。どうしよう、と……。

8　救いの女神

すぐには分らなかった。

誰かが手を振っているが、他の誰かにだろうと思っていたのだ。しかし――何か記憶に残っているところがあったのだろう、矢吹の目はまたその男に向いていた。

――須藤？　あれが須藤か？

「やあ！」

と、その男は近付いて来て、「矢吹、ちっとも変らないな」

声を聞いて、矢吹もやっと信じられた。

「久しぶりだな」

と、須藤の手を握る。

「遅れてすまない」

「いや、別にこっちも用があるわけじゃないんだ」

と、矢吹は言った。

——日曜日、駅前の喫茶店〈F〉で、約束通り、矢吹は午後三時に須藤を待っていた。須藤が三時を過ぎてもなかなか現われず、このところ、色々突発事が重なって寝不足だった矢吹は、席でウトウトしていた。

そしてふと目を開けると、喫茶店へ入って来た男が手を振っていたのである。

「コーヒーを」

と、須藤は言った。「すまん。——四十分も遅れたんだな」

「遠くからだろ？」

「うん。休日は電車が少ないんだな。計算違いだ」

須藤は、水をちょっと飲んで、「眠ってたのか？　目がトロンとしてる」

と笑った。

「ああ……。ここんとこ、寝不足でな」

と、矢吹は言って、「ちょっと——顔を洗って来る」

狭苦しいトイレで、水で顔を洗うと大分スッキリした。

席へ戻ると、須藤はコーヒーを飲んでいた。

「もう大丈夫だ。——しかし、須藤、少しやせたか？」

「遠慮するな。やせて、やつれたろ？　髪もこんなに薄くなってな」

とても同じ年齢とは思えなかった。

「体でも悪くしたのか」

と、矢吹は訊《き》いた。

「体調が良くないのは、いつものことさ。ずっとだ」

「じゃ、特にどこが悪いというんじゃ……」

「入院三回。手術一回。──三十八にしちゃいい記録だろ」

矢吹は何と言っていいか分らなかった。

「──そんなにきついのか、仕事？」

「まあな」

「辞めるとか……。考えないのか」

「辞められない。これは他の仕事と違うんだ。途中で抜けるってわけにいかない仕事なんだよ」

「そうか……。しかし、命あってのことだろ？」

「それはそうだけど……。今は不況の世の中だ。辞めても、次の仕事が見付かるとは限らないからな」

と、須藤は言った。

「それはそうと、今日は何か特別の用事があったのかい？　いや、顔を見るだけでも構わないんだけどさ」

「まあ……用ってほどのことじゃないんだ。ただ、何となく懐しくなってな。そういえば知ってるか？　担任の先生のこと」

矢吹は、何だか妙な印象を受けた。

わざわざここまで出かけて来て、こんな話ばかりしている。——懐しくなったといっても、何かきっかけがなければ、十年も会っていない友人と会いたいと思わないだろう。

それに、矢吹に何か訊かれるのを避けているかのように、須藤は間断なくおしゃべりを続けている。

何が目的なのだろう？

矢吹は、チラッと腕時計を見て、

「なあ、うちは、子供に合せて夕食をとるんで、そろそろ俺は——」

と言いかけた。

そのとき、突然めまいが襲って来た。

「——おい、どうした？」

と、須藤が訊く。

「急にめまいが……。どうしたんだろう？」

「横になるか？　立てるか？」

「いや……とてもだめだ。立てない」

足下が大波のように揺れる。

ウエイトレスがびっくりして、

「どうしたんですか？」

と言った。

「めまいがしてるらしい」

須藤は、矢吹の体を支えて、「しっかりしろ！　車で病院へ送ってやる」

「いや……何とか一人で……」
二、三歩歩いて、矢吹はガタガタと崩れるように倒れそうになり、カウンターにしがみついた。
「救急車、呼びましょうか？」

と、ウエイトレスが言うと、

「いや、僕は医者だ」

と、須藤が言った。「自分で連れて行くからいい」

「そうですか……」

ウエイトレスは目をパチクリさせて見送っている。

外へ出ると、須藤は、

「すぐそこに車が停《と》めてある。頑張れ」

「うん……。すまんな」

と、矢吹は言った。

「何を言ってるんだ。——もう少しだ」

停めてあった車の後部座席のドアを開けると、須藤は矢吹を中へ入れ、

「俺に任せとけ。いいな」

と、ドアを閉めようとした。

そのとき、

「矢吹さん！」

と、少女が駆け寄って来て、須藤を押しのけるようにして、車の中を覗《のぞ》き込んだ。

「君……久代ちゃんか」

「どうしたの？」

と、坂西久代が矢吹の手を握って、

「大丈夫？」

「めまいがして……」

「救急車、呼べばいいのに！」

「君、誰なんだ？　どきなさい」

と、須藤は久代を車から離そうとしたが、

「あなたこそ、誰？」

と、にらみ返した。

「僕は矢吹の古い友人で医者だ。これから病院へ連れて行くところだ」

「じゃ、お隣の駅前のM大付属病院にして下さい！　私、一緒に乗って行きます」

「何を言ってる！　僕に任せとけばいいんだ！」

須藤が久代を押しのけようとすると、久代はその手をスルリと抜けて、車へ乗り込んでしまった。

「おい！」

「須藤、この子はうちと同じ棟の子なんだ。乗せてやってくれ」

「私、病院へ電話入れる」

久代はPHSを取り出すと、「いつもかかってる先生の直通番号、入れてあるんだ。——もしもし。——あ、先生？　私、坂西久代です。これから、私の彼氏を連れてくんで、すぐ診《み》て！　——そう。急にめまいがして倒れたの。——え？　——吐き気は？」

「吐き気はない」

と、矢吹は言った。

「吐き気はないって。——はい、五分で行きます！」

須藤は憮然《ぶぜん》としていたが、

「どうなっても知らないぞ」

と、久代に言った。

「いつもかかってる病院へ行く方がいいに決ってるじゃありませんか。そうじゃないっていうの？」

「僕は病状から見て——」

「矢吹さんのこと、診察したこと、あるんですか？」

と言われて、

「いや……それはないけど……」

と、須藤は詰《つま》った。

「ほらごらんなさい！　どんな名医でも、診たこともない患者のこと、勝手に決められないはずだわ。そんなことより、早くM大付属病院へやって。それとも、タクシーで行った方がいいなら、駅前のタクシー乗場まで連れてって」

久代の剣幕に、須藤は諦《あきら》めたように、

「分ったよ。M大付属病院だな」

と、運転席へと回った。

久代は、車が走り出すと、

「そこ、入って！　——そこを左！」

と、指示して、裏道を抜け、本当に五分でM大付属病院へと着いた。

そして、車から飛び出すと、

「急患です！　早く運び込んで！」

と、大声で叫んだ。「早く！　死にそうなの！」

面食らった看護師が数人、駆けつけて来る。

「ストレッチャー！　早くして！」

久代の方が専門家みたいである。

ストレッチャーに移されると、矢吹は、

「須藤、すまんな……。また……」

「ああ」

須藤は苦笑すると、車を走らせて行ってしまった。

「――何よ、友人のくせに冷たい奴」

と、久代は言った。「今、奥さんへ電話するわね」

「ありがとう……」

「どういたしまして」

久代は、病院の中へ矢吹が運び込まれていくと、PHSで矢吹の自宅へとかけた。


「あなた!」

そのみが病室へ入って来て、「あなた、大丈夫?」

「ああ、もう大分良くなった」

と、矢吹はベッドで手を上げて見せた。

「もう! ――びっくりしたわよ」

と、そのみは椅子《いす》に腰をおろし、息をついた。

「あ、みえたんですね」

と、久代が入って来る。「お茶いれて来た」

「ありがとう」

「久代ちゃん、お手数かけたわね」

と、そのみが言った。

「いいえ。でも、大したことなさそうで良かった」

白衣の医師が顔を出し、

「どうです？」

「おかげさまで……。もうめまいもほとんど……」

若い医師は、矢吹の脈を取り、首を振って言った。

「どうも妙だ」

「先生、何が妙なの？」

と、久代が訊く。

どうやら、この若い医師と仲良しらしい。

「うん……。過労による貧血かと思ったんだがね」

医師はもう一つ椅子を持ってくると、「僕は遠山《とおやま》といいます。この久代君の主治医でして」

「はあ……」

「先生！　それじゃ私がどこか悪いみたいよ」

「そうか。――いや、この子の母親を診たことがありましてね。以来、何かというと僕の所へ。この間なんか、便秘してただけなのに、『お腹が痛い！　盲腸だ！』って駆け込んで来て」

「先生！　患者の秘密をしゃべっちゃだめよ！」

と、久代が真赤になっている。

「すまん、すまん」

と、遠山は笑って、「――初めは脳の方かと心配しましたが、しびれや言葉のもつれ、吐き気がないというので、まあ大丈夫だろうと」

「寝不足が続いて」

と、矢吹は言った。「しかし、あのめまいは、ただフラッとしたっていう程度じゃなかったんです」

「ええ、そこが妙でして」

「というと？」

「何か――薬をのまされたんじゃないかと思うんですがね」

矢吹は絶句した。

「あの人！　車で矢吹さん、連れてこうとしてたわ」

「おい、待ってくれ。あいつは古い友だちなんだ」

「でも、変よ。ここへ来たら、様子も見ないで行っちゃうし」

「それって――何とか言ってた人？」

「須藤って男だ……。まあ、十年ぶりだから、その間、何をしてたか分らないが。――それに、奴は医者じゃない。医学関係の仕事とは言ってたが」

「ね、おかしいわよ」

久代が、この病院へ矢吹を運んでくるまでのいきさつを話し、「――私が強引に言わなかったら、あの人、矢吹さんをどこかへ連れてっちゃったわ、きっと」

「怪しいね」

と、遠山は肯《うなず》いて、「矢吹さん。この久代君のおかげで命拾いしたのかもしれませんよ」

と言った。

矢吹は呆然《ぼうぜん》として、そのみと久代の顔を交互に眺めているばかりだった……。

9　親　類

「どう思う？」

と、矢吹は言った。

そのみは、黙って首を振った。

矢吹が何の話をしているか、それはそのみにも分っていた。

「あの遠山先生ってお医者様の話でしょ」

「うん」

と、矢吹は肯《うなず》いて、「小説や映画じゃないんだし、そんなことがあると思うか？」

——もう、愛は眠っている。

「ないことはないと思うわ」

と、そのみは言った。

居間は静かで、やがて夜中になるところである。

「じゃ、須藤が俺を誘拐しようとしたって言うのか？　何のために？」

「分らないけど——事実、そうとしか思えないじゃないの」

そのみの言葉は、矢吹を戸惑わせた。

電話が鳴って、そのみが出た。

「——あ、純君？　どうしてる？」

中原京子の息子だ。

「はい、親戚《しんせき》の叔父さんが来てくれて」

と、純は言った。

「あら、良かったわね」

「ええ。——色々ありがとうございました」

「元気を出してね。妹さんのためにも」

「はい。——二人とも叔父さんの所へ行くことになると思います」

「そう。色々大変でしょうけど……。お母さんのお葬式は？」

「警察の方から戻ってくるのに、時間がかかるらしいんで、叔父さんがやってくれるって……」

「ああ、それがいいわ。じゃあ……もう会えないかもしれないけど、しっかりね」

「はい」

力強い、爽《さわ》やかな言葉だ。

そのみが電話を切って、夫に話すと、

「ふーん。良くできた子だな」

と、矢吹は言った。「少しでき過ぎじゃないか？　中一にしちゃ、大人びてる」

「ああいう子もいるって、心強いじゃないの」

「そりゃそうだけど……」

矢吹は曖昧《あいまい》に言って、「それより俺自身のことだ。俺なんか誘拐してどうするんだ？」

「知らないわ。私、犯人じゃないもの」

と、そのみは言って、「その須藤って人に直接訊いたら？」

「もちろん、俺も考えたさ。だけど――」

「どうしたの？」

「下手《へた》に会いに行って、また薬でものまされたらどうする？」

矢吹は半ば本当に心配していた。

あの激しいめまい。――初めての経験だったが、それは矢吹の人生観まで変えてしまいかねないほどの衝撃だった。

「じゃ、こっちからは何もしないで放っておくのよ。もしまた、その人が何か言って来たら、警察に通報して、ちゃんと調べてもらえばいいわ」

そのみがこうはっきり言ってくれると、矢吹としては気が楽だ。

「うん、そうしよう」

と、ホッとしたように言った。

「もう寝るわ」

と、そのみは言って立ち上った。「お仕事でしょ？」

「うん、何だかやる気になれないけど」

と、矢吹は言って、そのみの、じっと自分を見つめる目に気付いた。「――俺も寝るよ、今夜は」

「そう？」

「ああ、明日、少し早く起きて頑張る」

矢吹は立ち上ると、そのみを抱き寄せた。

明りを消した寝室に、夫の深い寝息が聞こえている。

久しぶりで夫婦の時間を過して、そのみはしばらくその余韻を味わっていた。

夫は深夜に自宅で仕事をし、子供はまだ小学生。——夫婦だけの時間を持つのは、とても難しいことだった。

でも今夜は——どうしても夫に抱かれたかったのだ。

ある種の不安が、そのみの頭の中で絶えず波打っていた。

偶然だろうか？

中原京子が不審な死に方をして、夫が「旧友」に薬をのまされ、誘拐されかけた。

もちろん、その二つがつながっているという証拠はどこにもないが、これまで何一つ犯罪などと係《かかわ》りなく過して来たそのみたちに、突然こんなことが続けて起るものだろうか。

しかし、そのみは自分の不安を夫へ話す気にはなれなかった。夫が神経質で、そんな話を聞けば気に病むことが分っていたし、そのみ自身、取り越し苦労にすぎないかもしれないと思っていたせいでもある。

そう……。

何でもないことなのかもしれない。

世の中には偶然ということがある。そして、私たちは何も悪いことなんかしてないんだから……。

——そのみはいつしか眠りに落ちていった。


「主任さん」

そのみは、休憩所の中を覗いて言った。

「ああ、矢吹さん……だっけ」

まだ四十にならないはずだが、気苦労のせいか、すっかり頭の薄くなったこの男は、江口《えぐち》といって、このスーパーのパートタイマーの女性たちを束ねている責任者だ。

「お呼びですか」

「うん。ま、ちょっとかけてくれ」

江口はせかせかとした口調で言って、タバコに火をつけた。「——一本どう？」

「やりませんの」

「そうか」

江口はホッとしたように煙を吐き出した。「——実は、中原さんのことなんだが」

「はい」

「事故に遭ったって？　あんたが知らせてくれたんだね」

「はい、そう親しかったわけでもないんですけど……」

「気の毒なことをしたね。――子供がいたって？」

「はい、二人」

「そうだってね。――何でも、その子たちの叔父さんだかから、連絡があったらしいよ」

「そうですか」

「あんたも色々大変だったね」

「でも――同僚ですから」

「その叔父さんが、子供たちの面倒をみてくれた方へ、くれぐれもお礼を、とおっしゃってたそうでね、あんたのことだと思ったんで」

「そうですか」

「子供たちは、その叔父さんが横浜の方へ引き取って、ちゃんと世話をするから心配しないでくれ、ということだった」

と、江口は言った。

――横浜？　そのみは、あの純という子が、「叔父は千葉の方」と言っていたような気がして、首をかしげた。

「それでね」

と、江口は言った。「中原さんの抜けた分は、新しく雇うとして、パートの人たちもずいぶんふえてね。なかなか僕も見ていられないんだ」

「はあ……」

「それで相談だけど、あんたに、パートの人たちをまとめてもらえないだろうか」

「まとめる、って……」

「時間の配分や、休み、出入りなんかを、全体を見ながら、割り振ってもらうということなんだ。――どうだろう」

そのみは面食らって、

「とてもそんなこと……。私には無理です」

「いや、もちろん、そうなればあんたは売場へ出なくていい。パートの人たちの管理が仕事になる」

「でも……」

「あんたが承知してくれたら、すぐにパートでなく、うちの正社員として採用するよ」

そのみは耳を疑った。

正規の社員として採用されることなど、普通でも容易ではない。パートの身ではなおさらのことである。

「どうだね」

と、江口が訊く。

「はあ……。でも、子供が小さいので、まだ――」

「ああ、勤務時間は色々都合に合せて変えられるよ。君に無理のない範囲でいいんだ」

「分りました。あの――一応主人と相談してからご返事してもいいでしょうか」

とっさの言いわけだった。今、ここで承諾しても良かったのだが、それには中原京子の死についての疑問が引っかかった。

しかし、それはそれ、正社員になれば収入は確実にふえる。今のそのみにとっては願ってもない話だ。

「いいとも。明日でも、返事を聞かせてくれるか」

「はい、必ず」

と、そのみは答えた。

――売場へ戻って、棚の整理をしていると、

「矢吹さん」

と呼ばれた。

武井だ。

「――どうも」

そのみは、脚立《きゃたつ》から下りずに会釈《えしゃく》して、「ごちそうになって」

と言った。

「いや、申しわけない」

武井は小声で言った。「本当に失礼なことをした。勘弁してくれよ」

「何のことでしょう？」

と、そのみは冷ややかに言って、棚の方を向いてしまう。

「まあ、怒らないで。――ね？」

武井はご機嫌を取るように、「手伝おうか？」

「結構です」

と、そのみは相手にしなかった。

「いや、反省してるんだ。本当だよ。――僕のせめての気持、江口さんから聞いただろう？」

そのみは、仕事の手を止めて、

「――何のことですか」

と、脚立から下りた。

「パートじゃ、収入もたかが知れてる。だから、ぜひ正社員にしてあげてくれと……」

「あなたが話をしたの？」

「うん、まあ……。何かお詫《わ》びにやれることはないかと思ってね」

そのみは少し間を置いて、

「それはどうも」

と言った。「お気づかいいただいて」

「ま、機嫌を直して。ね？」

そこへ、仕入部長がやって来たので、武井はそっちへ行ってしまった。

そのみは棚の整理が一区切りつくと、脚立を片付け、江口の所へ行った。

「主任さん」

大きなエプロンをつけて、台所用品の売場にいる江口を見付けて声をかけると、

「やあ、どうしたね？」

「早い方がいいと思いまして。さっきのお話ですけど、せっかくですがお断りしたいと思います」

そのみはそう言って、ポカンとしている江口を後に、さっさと自分の持場へ戻って行った。

——やせ我慢ではない。

パートの一主婦が突然正社員になるというのは珍しいことで、当然目立つ。そこへ武井と話しているところなど、誰かに見られたら、どう思われるか。事実とは関係なく、どんな噂《うわさ》が流れるか、考えなくても分るというものだ。そんなことが夫の耳にでも入ったら——。少々の収入とは換《か》えられない、取り返しのつかないことになるかもしれない。

だから、そのみは断ることにしたのである。

「矢吹さん、お電話です」

と、同僚が呼んだ。

「はい」

誰だろう？ ——パートの身で私用電話は極力避けなくてはならない。

「——もしもし」

売場の奥の電話に出ると、

「矢吹さんですか」

と、男性の声。「私、中原京子のゆかりの者で」

「ああ、純君が『叔父さん』と言っていた方ですね」

「そうです。京子の子供たちに色々よくして下さって」

「いいえ、とんでもない」

「お礼をひと言と思いまして」

「ごていねいにどうも。それで――」

「子供たちは、私が引き取って面倒をみます。本当にありがとうございました」

「いえ、あの子たちに元気を出して、と伝えて下さい」

「必ず伝えます。どうもお邪魔をしてしまって」

「いいえ……」

電話を切って、そのみは少し身が軽くなったような気がした。

売場へ戻りながら、そのみは、ふと呟《つぶや》いた。

「あら、今の人、名前も言わなかったわ」

もちろん、聞いてどうなるというものではないが。

――売場へ戻ると、五分としない内に、そのみは電話のことなど忘れてしまっていた。

夕方の、忙しい時間に入るのである。

10 子役

「やあ、どうしたんだい？」

矢吹は、喫茶店の奥の席で、顔を上げた。

「ごめんなさい、待たせて」

川崎エミが、向い合った椅子に座る。

「お互い様じゃないか」

と、矢吹は言ったが、確かに川崎エミがこうして約束の時間に三十分も遅れて来るというのは珍しいことだ。

フリーの編集者は、仕事の相手との待ち合せに決して遅れてはいけない。インタビューの約束を取りつけても、待ち合せに五分遅れただけで帰ってしまう人もいる。

フリーという不安定な身分だけに、そういう失敗は命取りになる。

だから、川崎エミにしても、まず約束に遅れることはないのである。

「この間の、ＰＲ誌のことでね——どうしたんだ？」

矢吹の声が、つい大きくなった。

「——え？」

と、エミがボールペンを握った手を止める。

「その目……。寝てないのか？」

と、矢吹は言った。

エミの目は、真赤に充血していたのである。

「そんなに目立つ？」

エミはバッグを開けると、コンパクトを取り出して開け、「——本当だわ。これじゃウサギの目ね」

と笑った。

「笑いごとじゃないぜ」

と、矢吹は言った。「どうしたっていうんだ？」

「大丈夫よ。ちょっと不眠症気味なの」

と、エミは言った。

「眠れない？　以前からだっけ」

「こんなにひどくはなかったわ」

と、首を振って、「もう四日、眠ってないの」

「体が参っちゃうよ」

「でも、仕方ないわ」

「病院へは？」

「そんな、大げさな。――平気よ。ちょっとストレスがたまってるのかな」

「ともかく――睡眠薬でももらってのんだら？」

「ありがとう、心配してくれて、矢吹さんぐらいだわ、気にしてくれるの」

「ともかく、俺たちフリーの人間は体が資本だ。大事にしなきゃ」

と、矢吹は言って、「じゃ、この間のＰＲ誌のことだけど、君にも手伝ってもらいたいんだ」

「ありがとう。やらせてもらうわ」

と、エミが肯く。

「時間がなくてきついけどね」

「ぜいたく言ってられないわよ。何でもやって食べてかなくちゃ」

「タイムスケジュールはこれだ」

と、書類のページをめくる。「たぶん、この辺は動かせないと思うんだけど、他は二、三日なら何とかなると思う」

携帯電話が鳴り出し、矢吹は急いで取り出した。

喫茶店の中なので、少し小声で、

「矢吹です」

と言うと、

「矢吹徹治さんですか」

「そうですが」

「こちら、K警察の者です」

「は？」

矢吹は、面食らって思わず書類を落っことしてしまった。

「あら」

そのみは、〈2―9〉へ入って、エレベーターの前で坂西久代と出会った。

「この間はありがとう」

と、そのみは言った。「ちゃんとお礼を言ってなかったわね」

「いいえ」

久代は学校帰り、コンビニの袋を提げていた。

「お弁当？」

「ええ。母が大阪へ行ってるんです」

「まあ、いつまで？」

「三日間。研修か何かみたいですけど」

二人暮しの母親は中学校の教師である。

「それでお弁当？　良かったら、うちへ食べにいらっしゃいよ」

エレベーターが来て、一緒に乗る。

「でも、図々《ずうずう》しい……」

「そんなことないわよ。今夜は主人も七時には帰るって言ってたから、一緒に、どう？」

久代の目がパッと開いて、

「じゃ、行く！」

「来てちょうだい。あの人も喜ぶわ」

と、そのみは言って笑った。

「私、お手伝いしましょうか」

「まあ、お料理するの？」

「少しは。一人だと面倒なんでお弁当ですけど」

「じゃあ、お願いしようかしら」

と、そのみは言った。

エレベーターが四階へ着くと、

「すぐ着替えて行きます！」

と、久代は駆け出して行った。

そして――六時半ごろには、しっかり夕食の仕度ができ、愛も帰っていて、後は矢吹の帰宅を待つだけになっていた。

「ちゃんと帰って来るといいけど」

と、そのみは言った。「七時になったら、帰らなくても食べ始めましょうね」

「はい」

愛がTVを見ているので、仕度のすんだ久代とそのみもソファにかけて、自然、TVへ目をやっていた。

「中学生くらいの子たちね」

学園ドラマというのか、教室が舞台で、何やら討論会らしいものをやっている。

学生服の男の子が、級長役なのか、司会をして進めている。

「――お母さんは中学の先生でしょ？　担任を持ってらっしゃるの？」

「ええ。体が大っきくて、みんなに見下ろされちゃうって。うちの母、小さいんで」

と、久代が言った。

「大変ね。こんな風にドラマみたいにうまくいけばいいけど」

と、そのみは言って、何気なくＴＶを眺めていた。

ドラマそのものを見ていたわけではない。頭では、別のことを考えながら、ＴＶの画面に目が向いていただけ。

あの中原京子の子供たち、叔父さんの所で元気でやっていけるだろうか。

しっかりしたお兄ちゃんの方はともかく、妹はまだ愛と同じ……。両親を失うには幼すぎる。

でも……。

――あら。あの子、あの子だわ。

何となく、見ていたＴＶの画面に、大映しになったのは――。

「まあ……」

まさか！　――どうして？

画面が切り換《か》わる。

「どうしたんですか？」

と、久代が訊く。

「今の男の子……。映らないかしら」

そのとたん、再び大映しになる。

この子は――間違いない！　中原京子の子供だ。

「純君が――」

「この子ですか？」

「知ってる？」

「いいえ。でも、このドラマに出てるんじゃないですか、いつも」

中原京子の息子がTVドラマに出ている？　それならそれで、純が何か言っただろう。

これはどういうことなの？

その子役は、大きな役ではないらしく、そのシーンが終ると、全く出て来なくなったが、他人の空似というには似すぎている。

声も、しゃべり方もそっくりだ。

子役。——もし、あの二人の子が本当の中原京子の子でなかったら？

妹も、同じように雇われた子役だったとしたら？

そのみは、夫が、あの純のことを、

「でき過ぎてる」

と言っていたのを思い出した。

確かに、セリフを憶えているかのように、淀《よど》みなくしゃべっていた。

では——では、本当の中原京子の子供はどうなったんだろう？

呆然としていたそのみは、久代につつかれて我に返った。

「——え！　どうしたの？」

「チャイムです」

と、久代は言った。

11　不安の影

久代も加わって、夕食はにぎやかだった。

特に愛にとっては、久代は格好の「お姉ちゃん」である。

「まるで今夜は四人家族だな」

と、矢吹は笑って言った。

食事をして、ゲームをして、愛はもう、

「お姉ちゃん、一緒にお風呂に入ろう！」

と、久代の腕を捕まえて離さない。

「分った、分った！」

久代は降参して、「じゃ、お姉ちゃんの着替えを取ってくるね」

「久代ちゃん、悪いわね」

と、そのみは言った。

「どうせ私だって、お風呂に入るから」

と、久代は言って、一旦《いったん》自宅へ戻って着替えを持って来た。

久代と愛がお風呂で歌を歌ったりしているのを聞くと、そのみは、

「愛にも、妹か弟がいた方がいいのかしら」

と言った。

「そうだな」

矢吹は、ソファに横になって、天井を見上げ、心ここにあらず、という様子。

「あなた、どうしたの？」

「いや……」

矢吹が口ごもっていると、お風呂の方から、

「愛ちゃん、出ますよ！」

と、久代の声がした。

「はい！」

そのみが駆けて行く。

愛が出て来て、せっせとバスタオルで体を拭《ふ》いている。

「じゃ、私、髪を洗いますから」

と、久代が言った。

「ごゆっくり」

そのみは、「ありがとう」

と礼を言って、愛にパジャマを着せた。

久代と散々はしゃいだ愛は、すっかり眠くなったようで、ベッドに入ると、たちまち寝入ってしまった。

――矢吹はソファに起き上って、何やら考え込んでいた。

戸口の気配に目をやると、久代が立っている。

「お先に」

バスタオルを巻きつけただけの久代は、矢吹の目を捉《とら》えるだけの女らしさに溢《あふ》れていた。

もう子供じゃないのだ。――そして久代自身、そのことをよく知っている。

「あら、出たの？」

と、そのみが戻って来た。

「あ、もう寝ましたか、愛ちゃん？」

「ええ、ぐっすりね」

「私もぐっすり眠りそう」

と言って、久代は笑うと、バスルームの方へ戻って行った。

そのみはソファに腰をおろすと、

「久代ちゃんも、大人になったわね」

と言った。

「――うん？　何だって？」

「あなたったら」

と、そのみは夫を軽くにらんで、「しっかり見てたくせに。久代ちゃん、胸も大きくなって、もう立派に女だわ」

「そうか？」

「もう十七ですものね。――今の十七っていったら、もう男を知ってるのかも」

矢吹は真顔でそのみを見て、

「まさか」

と言った。「――そう思うか？」

「ほら、気にしてる」

と、そのみは笑った。

「亭主をからかうな」

矢吹は少し赤くなった。

「あの子はあなたのことが好きなのよ」

そのみの言葉に、ちょっと矢吹はドキッとした。

「年ごろだよ。父親の代りさ」

「父親と恋人ぐらい、区別してると思うわよ」

「もうよせ」

と、苦笑する。

じき、久代が服を着て顔を出す。

「じゃ、私、帰ります」

「あら、今、紅茶いれるから、飲んでいって。ね？」

「いいんですか？」

「座ってくれ」

と、矢吹は言った。「僕も話しておきたいことがある」

そのみが紅茶をいれ、三人で飲み始めると、

「実は今日、警察に呼ばれた」

と、矢吹は言った。

「何かあったの？」

「あの男――須藤が死んだ」

矢吹の言葉に、そのみと久代はしばし唖然《あぜん》としていた。

「車ごと海へ落ちたというんだが、落ちたのも目撃した人の証言では、事故でなく、真《ま》っ直《す》ぐ海へ突っ込んだというんだ」

「それって――自殺？」

と、久代が訊く。

「分らない。事件の疑いもあるというんで、須藤の持ってた手帳にあった僕の所へ連絡して来たんだ」

「あの出来事のすぐ後に……」

「それが気になる。僕を連れて行きそこねて、そのせいで死んだのか……」

「でも、そんなことが……」

「しかし、妙な偶然だろ？　――検視の結果、何か出れば、また呼び出されるかもしれないな」

三人は少しの間黙り込んだ。

「あなた……」

と、そのみが言った。「私も心配してるの。あの中原京子さんのこと」

「あの人がどうかしたのか」

「あの人も——殺されたのかもしれない」

そのみの言葉に、矢吹も久代も絶句してしまった。

そのみが、中原京子のサンダル靴のことを話すと、

「どうして、そのときに言わなかったんだ！」

と、矢吹が言った。

「それは仕方ないわよ」

と、久代が口を挟んで、「誰だって、そんなこと、信じたくないわ。私、奥さんの気持、分る」

「ありがとう」

そのみは、久代を見て微笑《ほほえ》んだ。

少し、緊張がほぐれた。——ふしぎなもので、年齢は離れていても、そのみと久代の二人には、何か共通するものがあるようだった。

「しかし、それが事実なら、大変なことだぞ」

と、矢吹は言った。「一体どこへ話を持ってきゃいいんだ?」

「でも、こんな話じゃ、とても警察は受け付けてくれないわよ」

と、久代が冷静に、「もし、須藤って人の死が他殺と分ったら、別かもしれないけど
……」

「だが、須藤の死と、君のパート仲間の死と、何かつながりがあるのか?」

「それを説明するのって大変ね」

と、久代が肯《うなず》く。

そのみが少しためらって、

「——実はね、さっきTVを見てたの」

と言った。

「TV?」

「学園もののドラマをやってたんだけど……。そのドラマで、主人公のクラスの子の顔が映ったとき、びっくりしたの。——中原さんの子の純ちゃんって男の子だったのよ」

「何だって?」

「さっきのドラマ?」

久代が目を丸くして、「じゃ、あの子が、その人の子供の役を演じてたってこと?」

「おい……。どういうことなんだ？」

矢吹は話についていけず、呆然としている。そのみの話をもう一度聞いて、

「――そうか。もちろん、本当にあの子が子役で、ドラマに出てるってこともあるわけだな」

「でも、それなら、中原さんが話してくれてたと思うのよね。自分の子がＴＶドラマに出てるんですもの。見てほしいでしょ」

「うん……。しかし、そうまでして、偽の家族を仕立てて、どうするんだ？」

「私に訊かれたって、分らないわ」

「でも、それって、具体的な手がかりですよね！」

と、久代が言った。「少なくとも、調べてみれば分ることだわ」

「そうだな。――どこの局だ？」

と、矢吹は訊いて、「――うん、そこならいつか取材で知り合った人がいる。そのドラマのことを訊いてみよう」

そのみが首を振って、

「怖いわ。――突然、色んなことが起って……。私たちの周りで、どうして？」

「城山さんが死んだ。あれだって、妙といえば妙だ。しかも、俺が悪いように、奥さん

へ吹き込んだ奴がいる」

「中原さん、須藤って人……。これで三人だわ」

そのみがため息をついて、「私たち、何もしてないのにね。どうして──」

「しっかりしなきゃだめ！」

と、久代が声を上げた。「もしかしたら、あの須藤って人の代りに、矢吹さんが死んでたかもしれないんですよ！」

久代の言葉に、矢吹とそのみは改めて顔を見合せたのだった……。


「──あなた」

矢吹が、明け方近くにベッドへ入ろうとすると、そのみが呼んだ。

「起きてたのか」

「いいえ。さっき目がさめたの」

そのみが嘘《うそ》を言っている、と矢吹には分った。しかし、信じたふりをする。

「そう心配するなよ」

「でも……考え始めると不安になって」

と、そのみは言った。「──そっちへ行っていい？」

「いいとも。だけど——」

「一緒にいるだけでいいの」

そのみは、夫のベッドへ滑り込むと、しっかり抱きついて、

「——こうしてると落ちつくわ」

「じゃ、そのまま眠れよ。けとばさないでくれよ」

「失礼ね」

と、そのみは笑って、「——ねぇ」

「何だ?」

「私の身に万一のことがあったら……」

「何だい、急に?」

「もしも、の話よ。——ね、そのときは、久代ちゃんとなら再婚していいわ」

「おい……。向うは十七だぞ。大学へでも行きゃ、恋人が次々にできるさ」

「そうかしら」

「変なことを考えないで、寝ろよ」

矢吹が抱きしめると、そのみは自分から唇を寄せて来た。

そして、じきに矢吹の胸で、静かな寝息をたて始めたのである。

12 名演技

電話に出ると、

「あ、矢吹君？　悪いね、今日打合せできなくなっちゃった！　急にね、スタッフの一人が実家へ帰っちゃって、何か親父《おやじ》さんが危いっていうんだけどさ、確か、今までにも二、三回、この親父さん、死んじゃってるんだよな。ハハハ。——また連絡するから！　そんなわけで、よろしく！」

「はあ」

結局、矢吹はそうひと言言っただけ。

「やれやれ……」

喫茶店で、打合せのためのメモをせっせと作っていたところである。

まあ、いいか。——これで夕方からはポカッと空《あ》いたわけだ。

どんなに忙しいときでも、こんな風に何もすることがない、という状況になることがある。

相手あっての仕事の場合、自分一人で、どんなに頑張りたいと思ってもどうしようもないのだ。

とりあえず、このメモを作ってしまおう。どうせやりかけたのだ。

しかし——「延期」が往々にして「消滅」になることがある。となれば、こうしてせっせとメモをこしらえても……。

「やめた」

と、ノートをたたんで、ぬるくなったコーヒーを飲むと、ふと思い付いて、

「——そうだ」

そのみから聞いていた、TVドラマのことを調べてみよう。

TV局にいる知人がうまく捕まるといいのだが……。

矢吹はケータイを取り出し、手帳に書いておいた番号へかけた。

——そのみ、久代と話し合った、あの夜から、もう十日近くたっている。

「何かありそうだ」

と思っていても、日々の仕事は待っていてくれない。

特に、矢吹のようなフリーの立場では、「遅れる」ことは仕事を失うことにつながる

からだ。

気にはしながら、矢吹もそのみも、毎日の仕事をこなし、久代も学校へ通って、日が過ぎていった。

この空《あ》いた時間をうまく利用できれば……。

幸い、相手はすぐに捕まった。

矢吹が「仕事絡み」ということにして、例の学園ドラマについて訊《き》くと、

「あれは下請《したう》けの制作会社がやってるからね。待ってくれよ、うちの方のプロデューサー、確か、俺の同期なんだ」

「すみません。その制作会社に連絡したいんですが」

「ああ、ちょうど席にいる。――おい!」

ザワザワした中で、しばらく間があり、

「――ああ、もしもし。あのね、興味あるなら、今日、ちょうど収録してるんだってさ。覗《のぞ》いてみたら?」

「ぜひ拝見したいです」

思わず声が弾んだ。「どこへ行けば?」

「渋谷のNスタジオ。知ってるだろ?」

るよ」

「そこで今日一日やってるって。プロデューサーの大町《おおまち》の知り合いと言えば入れてくれるよ」

「はい」

「大町さんですね。お手数かけて」

礼を言って、矢吹は急いで喫茶店を出た。

――TVドラマといっても、今はほとんどが下請けのプロダクションが作っている。収録も、局のスタジオを使うことはほとんどなく、収録用の貸スタジオがあちこちにあって、仕事柄、矢吹もよく出入りしていた。

渋谷のNスタジオは、よくドラマの収録に使われる。

連続ドラマの場合、いつも出てくるセットは、そのまま置いておかれて、何カ月か使うことになる。

――三十分ほどでスタジオへ着いた。

受付で大町の名を出すと、すぐに入れてくれた。

「そのドラマなら、Bスタジオです」

「ありがとう」

スタジオの中へ入ってみると、何という幸運！　正に、教室のセットで、大勢の子供たちが騒いでいる場面だった。

むろん、収録中には何もできない。

矢吹はスタジオの隅で、その様子を立って眺めていた。

気が付くと、周囲に、ごく普通の服装の母親たちが大勢いる。

大方、あの子役たちに付き添って来た母親だろう。

収録を見ていても、その中に、あの中原純と名のっていた子がいるかどうか、分らなかった。

「——はい、OKです」

と、声が響いて、「今日はここまで。お疲れさまでした」

とたんに、今までワーワーと騒いでいた子供たちが、シラッとして、「さよなら」も言わずにセットから下りてくる。

その変りように、矢吹はびっくりした。

あの子がいるかどうか……。

大勢の中に紛れていると分らない。

母親たちが一斉に我が子を出迎えて、ガヤガヤし始めたので、矢吹はスタジオを出て待っていようと思った。

すると、

「今日のセリフ、よく聞こえたわよ」

という母親の声に、

「でも、わざと大声上げて邪魔する奴がいるんだ」

と、不服そうな子供の声。

「セリフのない子がやっかんでるのよ。放っときなさい」

当の「セリフのない子」が周りに大勢いる所で、こういう話をしているのだから凄《すご》い。

思わず振り向くと——そこに「中原純」が立っていたのである。

間違いない。あの男の子だ。

そして一緒にいるのは母親だろう。ということは、やはり中原京子の子ではないというわけだ。

当然、あの妹の方も、どこかの子役なのだろう。

それにしても——中原京子の遺体のそばでワッと泣いたりして、それが腹立たしい。

ここでは話せない。

矢吹は廊下へ出て、その母子が出て来るのを待った。

やがて、着替えた子供と母親の二人組が次々に現われて帰っていく。

じっと目をこらしていたが、問題の母子は一向に現われない。

おかしい。――もしかして、別の出口があるのか？

矢吹が心配になって覗いてみると、あの母子だけが残っていて、スタッフの一人と話し込んでいる。

「ええ、そこはもう何とでもなりますわ。もし、どんな役でも必要になったら、いつでもお声をかけて下さいな」

売り込み熱心な母親に比べて、息子の方は少し離れて退屈そうにスタジオの中を眺めている。

そして――男の子の目が矢吹に止った。

あれ？　誰だっけ？　――男の子の顔はそう言っていた。

そして、びっくりして目を見開くと、

「あ！」

と、声をあげたのである。

「あなたにとやかく言われる筋合のものではないと思いますけど」

と、母親は言った。「妙な言いがかりをつけると、人を呼びますよ」

強気に出ているのは、怯《おび》えの裏返しだと矢吹にも分っていた。

「別に言いがかりをつけているわけじゃありませんよ」

と、矢吹は穏やかに言った。「こんな所で、どうするっていうんです？」

スタジオの入口近くのソファにかけて、その母親は険《けわ》しい目付で矢吹をにらんでいた。

「君の名は新井卓也《あらいたくや》。子役なんだね」

と、矢吹が言うと、

「もう十三だよ。俳優って呼んで」

「――なるほど」

と、矢吹は言った。「しかしね、いくら仕事とはいえ、本当に亡くなった女性の子供の役を演じるというのは、珍しくありませんかね」

「何ごとも経験です」

と、母親は胸を張る。

「あの仕事を依頼して来たのは、誰です？」

と、矢吹は訊いたが、

「そんなこと、どうして返事する必要があるんですか。この子にはむだな時間なんかないんです。帰って勉強させなくては……」

「もちろん、僕には答えなくても構いませんよ。しかし、相手が警察となると、そうはいかないでしょう」

矢吹の言葉に、母親は表情を固くして、

「それは何のことです?」

「ご存知ないんですか? 中原京子さんは殺されたんですよ」

「そんなこと……嘘《うそ》です!」

と、青ざめている。

「頼んで来た人に訊いてごらんなさい」

と、矢吹は言って、「じゃ、今日のところはこれで」

と立ち上った。

矢吹がスタジオを出て行くのを、新井卓也の母親は、呆然《ぼうぜん》として見送っていた……。

13　消えた時間

呼出し音が鳴り続けても、一向に出ない。

矢吹が、もう諦《あきら》めかけたとき、

「はい……」

と、ボーッとした感じの声がした。

「寝てたのか」

「ああ、あなた。――うん、ちょっとウトウトしてただけ」

「起してすまん」

「いいのよ。もう起きなきゃと思ってたの」

今日、妻のそのみはスーパーの仕事が休みだと言っていたので、矢吹は帰宅するまで黙っていられず、知らせようとしたのである。

「ついさっき、誰に会ったと思う？」

矢吹は、Nスタジオから駅へ向って歩きながら、ケータイでかけていた。

「そんなに珍しい人？　タレントか何か？」

「有名人に会ったからって、いちいち電話しないよ。〈中原純〉に会った。母親にもね」

少し間があって、そのみもやっと意味が分ったらしい。

「じゃあ、やっぱり……」

「ちょうど、今日TVの収録をしててね。見に行ったら、いたよ、あの子が」

「名前ももちろん違うのね」

「新井卓也、十三歳だそうだ。母親と二人で帰ろうとするところを捕まえて、訊いてみた」

「とぼけなかった？」

「子供の方は僕の顔を憶《おぼ》えてて、ハッとしたからね。一応、母親も事実だと認めたよ。でも、誰に頼まれたのかは言わなかった」

「そう。――でも、気味が悪いわ。ね、今夜は遅い？」

「いや、そうでもないと思う。できるだけ早く帰るよ」

「お願いね」

そのみが、珍しく心細い声を出している。

「何とか八時ごろには帰るよ。晩飯、待ってられるか？」

　と、矢吹はつい言っていた。

　そのみが、夫からの電話を切って、少しホッとしていると、玄関のチャイムが鳴った。

　つい、用心するくせがついている。

　インタホンに出ると、

「あ、川崎です！　川崎エミ」

　と、やけに元気のいい声。

「あら、どうも」

　そのみは急いで玄関へ出て行った。

「ごめんなさい、突然」

　川崎エミは大判の封筒を手に立っていた。

「いいえ。ご近所じゃないの。上って」

「じゃ、ちょっとだけ」

　エミはサンダルばきで、買物に行く途中で寄ったという様子だった。

「座ってて。コーヒー？　紅茶にする？」

そのみは、ほぼ同じ年代の編集者とは気心も知れて仲良くしていた。

「じゃあ……コーヒーを。ブラックでいいわ」

「ちょうど飲みたかったところなの。新しくいれるから、待っててね」

そのみがコーヒーメーカーをセットして、スイッチを入れてから居間へ戻ると、川崎エミは立ち上って体の屈伸運動をしていた。

「あら、元気ね」

と、そのみが笑って、「うちの主人にも少し分けてやってよ」

「矢吹さんは、いつも元気じゃないの。――私は運動不足だから」

「そういえば、ひどい不眠症だって聞いたけど、どうなの？」

「もう、バッチリ寝てる！　全然平気よ」

「それならいいけど――」

「充血もしてないでしょ？　ほらね！」

と、エミはそのみの前にかがみ込んで両目を大きく見開いて見せた。

そのみはふき出して、

「分ったわ。じゃ、主人にそう言っとく」

「これ、渡して」

と、エミは封筒をテーブルに置いた。

「渡せば分るのね？」

「ええ。頼まれてた仕事、しっかり仕上げました、って言っといて」

「確かに」

と、そのみは封筒を両手で持って、

「今夜は割と早く帰るって言ってたわ。あなた、夕ご飯、食べに来ない？」

それを聞くと、エミはなぜか急に静かになった感じで、

「――ありがとう」

と言ってソファに腰をおろした。「親切ね、あなたって」

「何よ、そんな急に……」

「いいえ、いつも思ってるの。矢吹さんだって、同じフリーの立場で大変なのに、私に向いた仕事を回してくれて……。本当にありがたいと思ってるの」

「そんなこと、お互い様じゃない。特に女性は大変だし。ねえ、何のかの言ったって、男優先の社会ですもの」

「本当にね。――でも、矢吹さんみたいな人もいる。いい奥さんとお子さんに恵まれて。でも、矢吹さんにはその資格があるわ。幸せでいてくれなきゃ。みなさん、こんなにい

い人たちなんだもの」

言っている内に胸に迫るものがあったのか、両目に涙が溢《あふ》れ、頬《ほお》を伝い落ちていった。

「ねえ、大丈夫？」

「ごめんなさい。ちょっと疲れて……気分が昂《たか》ぶってるんだわ、きっと」

と、エミはあわてて涙を拭《ぬぐ》った。

「はい、これ」

と、ティシュペーパーの箱を渡し、そのみは、台所へ立った。

コーヒーカップを二組出し、入ったばかりのコーヒーを注ぐ。

「――ブラックでいいのね？」

と、両手にカップを一つずつ持って行くと……。

川崎エミの姿がない。

「エミさん？　――エミさん？」

トイレにでも行ったのかしら？

そのみは玄関へ出て、エミのサンダルがなくなっているのを見た。帰ってしまったのだ。

でも、どうして？

そのみは、なぜか不安になった。エミのことはよく知っている。あんな風に取り乱したりするのを見たのは初めてだった。

そのみは、急いで夫のケータイへかけてみた。

何度か呼出し音がくり返されてから、

「——もしもし」

「あなた。今どこ？」

「何だ。どうした。今、タクシーの中だ。ウトウトしてたんでな」

「ね、今、エミさんが来たの」

「川崎君？」

「あなたに頼まれた仕事、すんだからって、封筒を持って」

「もう終ったって？」

「それがね、何だか様子が変だったの」

そのみは、気がかりな点をあげて、「——この前、ひどい不眠症だって言ってたでしょ。何だか心配になって」

「分った。連絡してみるよ」

「お願いね」

と、そのみは言った。

そのみの電話で、すっかり目がさめてしまった。

川崎エミのケータイへかけたが、電源が入っていないようだった。

少し考えて、矢吹は手帳をめくると、顔なじみの雑誌の編集部へ電話した。

「——やあ、矢吹だけど」

「ああ、こっちも連絡したかったんだ」

「川崎君がお宅の仕事、抱《かか》えてたろ？　終ってるか？」

「それなんだよ！」

「というと？」

「今朝ファックスが入っててさ、〈都合でできなくなりました〉って」

「何だって？」

「それだけで、理由も何も書いてない。川崎君らしくないだろ？」

矢吹の頼んだ仕事の前に、ここの仕事が入っていて、

「そっちをどうしても先にしなきゃいけないの」

と、申しわけながっていた。

それを、矢吹の方を終らせて……。

「――困るのも困るけど、それより心配でさ。彼女、こんなこと初めてだものな」

これまでの仕事ぶりを買われているからこそ、そう言ってくれるのだ。

「ちょっと会いに行く。うちの近所なんだ」

「ああ、何か分ったら教えてくれ。この仕事は、何とかこっちでやる」

「ありがとう」

矢吹は、エミの代りに礼を言った。

――いやな気分だった。

エミほどのプロが、そんなことをするとは。

何があったのだろう？

「近くの駅で停《と》めてくれ」

と、矢吹はタクシーの運転手へ言った。

家へ一旦《いったん》戻ることにした。エミを訪ねてみよう。電車の方が早く着く。

タクシーを降りると、矢吹は駅の改札口へと、ほとんど走るような勢いで歩いて行った……。


サイレンだわ。

——そのみは、家事の手を止めた。

夫へ連絡し、ひとまず落ちついたつもりだったが、何となくじっとしていられず、立ち働いていた。

そこへ、救急車らしいサイレンだ。

いや、団地には、一日に何回もこの手のサイレンは聞こえている。だから、夜中でも、大して気にもとめないのだが、今日はいつもと違った。

サイレンの行方が気になる。

じっと耳を澄ましていると、サイレンはどんどん近付いて来た。——こんなに近くへ来ることは、滅多にない。

じっとしていられなかった。

そのみは、急いでサンダルをはいて玄関から飛び出した。

建物を出ると、ちょうど帰って来た坂西久代と出くわす。

「あ、そのみさん。どうしたの？」

「久代ちゃん。今の救急車、見た？」

「うん。——そっちへ行ったよ」

と、久代が振り向く。「停ったわ」

「あっち？」

「〈3－6〉じゃないかな。どうしたの？」

「〈3－6〉……。エミさんの所だわ」

そのみが駆け出す。——久代も、一瞬間を置いてから、後を追って走り出した。

人だかりがしている。

——そのみと久代は、人の輪をかき分けて中へ入った。

「もう死んでるよ」

と、救急隊員が言って、白い布をかける。

「飛び下りたのか。——即死だな」

そのみは、おずおずと進み出て、

「あの……」

「何です？」

「亡くなったのは——どなたでしょう？」

「この棟の人だそうですよ。お知り合い？」

「もしかしたら、と……」

「じゃ、ちょっと顔を見て下さい」

布がめくられると、そのみは一瞬反射的に目を閉じていた。

「──どうです？」

「はい……」

そのみは、そっと目を開けた。

14 遺書

矢吹は、〈3-6〉の棟の前に、そのみが立っているのを見て、何があったかを察した。

「あなた……」

「川崎君は――」

「亡くなったわ」

矢吹は息を吐いて、

「やっぱりか！ ――自殺か」

「ええ。――ここの六階から飛び下りて。さっき運ばれて行ったわ」

「畜生！ 間に合わなかったか」

矢吹は歯ぎしりする思いだった。

「きっとあなたが来ると思って。――行きましょう。どうせ部屋の中には入れないわ」

「うん……」

二人の足どりは重かった。

「――おい、愛は？」

「塾よ、今日は」

「そうか」

「久代ちゃんも一緒だったの」

「見たのか、彼女の……」

「ええ。でも大丈夫。あの子はしっかりしてるわ」

「そうだな」

「――ね、同じ棟の人が言ってたんだけど」

「何だって？」

「エミさん、ずっと不眠症が続いて、このところほとんど眠ってないって話してたそうよ」

「しかし――」

「私には、もう良くなったようなことを言ってたのにね。目も充血してなかったし」

「不眠症か……。城山さんと同じだな」

「そうね」

確かに、フリーの編集者など、不規則な生活と、ストレスとで、不眠症に一番なりやすい立場かもしれない。

しかし、それで死ぬなんてことがあるだろうか？

「――ノイローゼだったんじゃない？」

と、そのみが言った。

「ノイローゼか……。そうかもしれない」

二人は〈６０５〉に戻ると、

「ドア、開いてるぞ」

「あわてて飛び出したから、鍵《かぎ》、かけてなかったんだわ」

そのみは、玄関を上ると、「――あなた」

「うん？」

そのみが、矢吹へ抱きつく。矢吹は少し戸惑いながら、そのみを抱きしめた。

「――怖いわ。身近な所で、こんな風に人が死んでいくなんて」

と、囁《ささや》くような声で言った。

矢吹も、何とも言いようがない。――大丈夫だと慰めるのは易《やさ》しいが、本当にそう言い切れるわけではない。

そのみのパート仲間の死を巡っても、ふしぎなことが起っている。

そして、矢吹の旧友、須藤の突然の死。

並べてみると、とても偶然とは言い切れない。といって、そこに何の脈絡も見出《みいだ》せないのだ。

「ともかく……」

と、矢吹は気を取り直して、「今は川崎君のことだ。連絡を取る人はいるのかな。何か知ってるかい？」

しかし、そのみはしっかり夫を抱きしめて離れなかった。

「――もう少しこうしていて」

「そのみ……」

そのみが顔を上げる。二人の唇が重なった。

不安を忘れようとするかのように、激しく抱き合って、二人はそのまま寝室へ行ってしまおうとしたが――。

「あの……」

おずおずとした声に、二人はびっくりして、あわてて離れた。

「――久代ちゃん！　いたの」

「ごめんなさい」

と、久代は言った。「来てみたら、玄関、鍵がかかってなかったんで、ちょっと無用心だな、と思って、待ってることにしたの。――びっくりさせるつもりじゃなかったの。ごめんなさい」

「いいのよ。良かったわ、留守番しててくれて」

「もう帰ります」

と言う久代を、そのみは引き止めて、

「今、お茶いれるから」

と、台所へ行ってしまった。

久代は、矢吹と二人、何となく照れたように目を伏せて、

「ごめんね」

と言った。

「何が？」

「何って……。何だか、邪魔しちゃって」

「そんなに気をつかわれると、こっちの方が照れるよ」

と、矢吹は苦笑した。「ともかく、中で話そう。——よく考えなきゃ」

「うん」

と、久代も肯《うなず》いて、「何かが起ってるよね。それが何なのか分らないけど」

矢吹も同じ気持だった。

——三人で、居間で紅茶を飲みながら、これまでの出来事を振り返ってみる。

「一連の出来事が、どこかでつながってるってことは確かだろう」

と、矢吹は言った。「しかし、目的が何なのか、誰がやらせているのか、となると見当もつかない」

「城山さん、川崎さんの二人はひどい不眠症だった……」

と、久代が言った。「でも、中原京子さんと須藤って男の人の場合は別でしょ。誰かが殺した可能性がある」

「でも、なぜかしら。中原さんが一体何を知ってたっていうの？」

「たぶん……」

と、久代が考え込みながら、「本人は気付いてないけど、他の人にとって、とても大切ってことがあるでしょ」

「うん、確かに」

「具体的な手がかりっていえば、その子役よね。誰がそんな仕事を依頼したのか、分れば何かがつかめてくるかもしれない」

「しかし、僕らは警察じゃない。そんなことを、どうやって調べるんだ?」

電話が鳴った。――そのみが立って行った。

「――はい、矢吹です。――あ、どうも。――え?」

そのみの顔が、一瞬、真青になった。

「――分りました! すぐにそっちへ行きます!」

矢吹も立ち上っていた。ただごとではない。

「どうしたんだ?」

「あなた! 塾からなの」

「愛のことか? 愛がどうかしたのか!」

「今――塾を出たらしいんだけど、誰かに車へ連れ込まれそうになって、泣きながら塾へ逃げ帰ったって」

「――すぐ行く!」

矢吹は、車のキーをつかんだ。

「私も行くわ」

と、久代が立ち上って、「一緒に行っても？」

「ああ、そうしてくれ。あの子が落ちつくかもしれない」

三人で、すぐに家を飛び出して、矢吹の運転する車で塾へと向った。

――よく事故を起さなかったと感心するほどの乱暴な運転で、ともかくすぐに塾へと着いた。

中へ入ると、塾の先生をしている中年の女性が出て来て、

「矢吹さん、良かったわ、何もなくて」

「愛は？」

「中にいます。大分落ちつきました」

それでも、矢吹たちが入って行くと、愛は駆け寄って来て、矢吹に抱きつくと、ワッと泣き出したのだった……。


塾から自宅へ戻るときは、安全運転になっていた。

愛はホッとしたのか、後ろの座席で、久代にもたれて眠ってしまった。

「――どうするの？」

と、助手席のそのみが言った。

「どうって？」

「警察へ届ける？」

　矢吹はため息をついて、

「夜のことで、愛だって何も憶えてない。車と、知らないおじさんが二人か三人。——どんな車だったか、どんな男だったか、まるで憶えてないんだ。届けたところで、見付かるわけがない」

「そうね……」

「——矢吹さん」

　と、久代が言った。「もしその男たちが本気で愛ちゃんを連れ去る気だったら、愛ちゃん、逃げられなかったと思うわ。十歳の女の子一人よ。それが、振り切って逃げたってことは——」

「僕も同感だ」

　と、矢吹は肯いて、「これは警告なんだ。余計なことに首を突っ込むと、こうなるぞ、という……」

「どうしよう！」

　そのみは両手で顔を覆った。

「ともかく――差し当りはおとなしくしておこう。向うの出したメッセージを、ちゃんと理解したってことを表明するように」

「ええ……」

「――卑怯《ひきょう》だ！」

と、久代が怒りで声を震わせた。

「少し、塾は休ませるか」

「私が送り迎えするわ。一旦やめてしまうと、もう行かなくなっちゃうかもしれない」

「当人に訊いてみよう。いやがるようなら、無理しない方がいい」

そのみも黙って肯いた……。

帰り着くと、そのまま愛を寝かして、久代は自分のうちへ帰って行った。

「――あなた」

そのみの肩を抱いて、矢吹は、

「大丈夫だ。――僕が守ってやる」

少し安うけ合いかもしれなかったが、そう言うしかなかった。

電話が鳴って、矢吹が恐る恐る取ると、

「――警察の者です」

「はあ」

「矢吹さんですね」

「矢吹です」

「今日自殺された川崎エミさんという女性のことで……」

「あの——何か？」

「ご存知の方ですね」

「よく知ってます」

「実は、遺書らしいものが見付かりまして、そこにあなたの名があったものですから」

「私の名が？ ——何とあったんでしょうか」

「お会いして、伺《うかが》いたいことがあります。明日、こちらへおいでいただけませんか」

「参ります。もちろん」

と、矢吹は答えていた。

——エミが何を書き遺《のこ》したのだろう。

新しい不安が、受話器を置く矢吹の胸にきざしていた。

15　断　片

「事情ははっきりしていますな」

刑事の口調には、明らかに矢吹をからかっている気配が感じられた。

「はっきりしているとは、何のことをおっしゃってるんです？」

つい、矢吹の方も、つっかかるような言い方になる。

「お分りでない？　――それは妙ですな」

と、刑事は、わざと大げさに、「川崎エミさんの遺書にはこうある。〈矢吹さん、あなたをずっと愛していました。もちろん、そのみさんも愛ちゃんも、大好きでしたから、あなたの家庭を壊すようなことは決してしないと心に誓っていました。それでも、あなたへの想《おも》いを断ち切ることはできませんでした……〉。はっきりしているじゃないですか」

初めから、好意的な雰囲気でないことは感じていた。

自殺した女性の遺書を、応接室のような場所でならともかく、刑事の席で、周りの人間にまるで聞かせたいかのような大声で読み上げるというのも、腹立たしい無神経さだ。

「刑事さん」

と、矢吹は言った。「おっしゃることが良く分りませんが、川崎君の死は私のせいだという意味ですか？」

「他に、どう解釈できます？」

禿《は》げ上った額が、いやにテカテカと光っている。その刑事は、普段のストレス解消に、矢吹をいじめてやろうと決めたかのようだった。

「私たちは仕事仲間で、確かにいい友人でした。しかし、それ以上の仲ではありませんでした」

「そりゃあんた、だめですよ。これだけはっきり書いてあるんだ。肉体関係があったと思うのが普通ですよ」

矢吹は、目の前の刑事を殴り倒してやりたい衝動を、じっとこらえていた。

どうして自分がこんなことを言われなくてはならないのか、と怒りがこみ上げる。

「あなたがどう思われようと、事実がどうだったか、私がよく知っています」

と、矢吹は言った。

「ほう、しらばっくれるつもりですか？」

刑事の声は段々大きくなった。「あんたみたいな、いわゆる〈ジャーナリスト〉って奴が一番始末が悪いんだ。偉そうなことを書くくせに、自分は女の尻《しり》を追い回してね。いい気なもんだ」

矢吹は頬を紅潮させた。自分より、死んだエミのことを汚《けが》されたようで、それが許せなかったのだ。

思わず口を開きかけたとき、

「失礼します」

と、その中年の刑事に声をかけて来たのは、まだ二十七、八と思える若い刑事だった。

「何だ？　来客中だぞ」

「分ってるんですが、本部長からお電話で。後でかけ直すと言いますか？」

「本部長から？　いや、出る。どこだ？」

「僕の机ですが、回しますか？」

「行った方が早い」

と、中年の刑事は席を立った。

同時に、矢吹も頭に上った血が、スッとひいていく感じで、話を中断してくれた若い刑事の方を、感謝の気持で見た。

すると、驚いたことに、その若い刑事がニッコリと笑って肯《うなず》いたのである。

そして、ボールペンを手に取ると、メモ用紙に〈カッとなるな〉と書いた。

矢吹は小さく肯いて見せた。すると、若い刑事がさらに書いた。

〈遺書は一ページじゃない〉

矢吹がそれを読んだと分ると、若い刑事はメモの一枚をピッと取って手の中で握り潰《つぶ》した。

矢吹は、席へ戻って行くその若い刑事の背中を、感謝の思いで見つめた。

刑事といっても、色んな人間がいる。

矢吹は、あの中年の刑事が読んでいたエミの遺書を手に取って見た。

「――どうだ。正直に話す気になったか」

と、戻って来た刑事が言った。

「刑事さん。遺書の他のページを見せて下さい」

矢吹の言葉に、相手は明らかに動揺した。

「な、何を言ってるんだ！」

「その遺書のコピーですよ。川崎君はちゃんと律儀に隅にページナンバーを打っている。

〈3〉とあるのは、前に二ページはあったということだ。それを読ませて下さい」

刑事は顔を真赤にしたが、思ってもみない成り行きのせいか、言葉が出ない。

じっと見つめる矢吹の視線に、刑事はすっかりうろたえて、目をそらしてしまう。矢吹は、「勝った」と思った。

刑事は、いきなり立ち上ると、

「もう帰っていい！」

と、怒ったように言った。

「何ですって？　僕は川崎君の遺書の残りのページを見せてほしいと言ったんですよ。その返事は？」

「返事？　返事が何だ。帰っていいと言ってるんだ！」

「それじゃ、彼女の遺書の残りのページは？　どこにあるんです。ここに出して見せて下さい」

矢吹も立ち上った。見下ろされてはいられない。同じ目の高さになると、その刑事は怖くも何ともない、つまらない男に見えた。

「そんなもの知るか！」

「そんなはずはないでしょう。その中の一ページを持っているんだ。他のページだって持ってるはずじゃないですか！　もともと一緒にあるべきものなんだ」

「俺は知らん！」

「はっきり答えて下さい！　知らないわけはない」

「あんなもの——焼いちまった」

と、刑事が口走った。

そう言ってしまってから、刑事が青ざめた。そのことが、刑事の言葉が事実だと立証していた。

「——何だって？」

と、矢吹は言った。「焼いた？　彼女の遺書を、自分に都合のいいところだけ残して、焼いたって言うのか！」

「違う！　そんなことはしない！」

と、刑事は激しく首を振った。

「今、そう言ったじゃないか」

「あれは——とっさに出まかせを……」

「嘘だ！　今のあんたの表情は隠せない。本当のことを言ったんだ。なぜだ！　川崎君はなぜ自殺したんだ！」

一旦、怒りが爆発すると、矢吹自身にも止められなかった。その剣幕には、周囲の刑事たちも、呆然として見守るしかなかったほどだ。

そのとき、誰かが部屋へ入って来て、空気は一変した。

刑事たちが一瞬背筋を伸して、不動になった。

「まあ、落ちついて下さい」

と、その男は言った。

辺《あた》りを払うその貫禄《かんろく》は、矢吹にも感じられる。といって、少しも大きな男ではなかった。

むしろ小柄と言ってよく、スーツにネクタイというスタイルは、せいぜい課長クラスの印象である。

それでいて、誰もがこの男に敬意を払っていること――いや、正しくは「恐怖を抱《いだ》いていること」を、矢吹ははっきりと感じ取った。

「お怒りはごもっともです」

と、その男は言った。「場所を変えて、お話を」

矢吹は深く呼吸して、

「いや、こちらも少々興奮して……。失礼しました」

と、冷静な口調に戻った。「あなたは……」

「伊東《いとう》といいます。〈藤《ふじ》〉の方でなく、〈東《ひがし》〉と書く〈伊東〉です」

「はあ……」

「こちらの対応に問題があり、申しわけありませんでした。——おい、こちらへお詫《わ》びしろ」

伊東という男に言われると、あの刑事が青ざめた顔で矢吹の前に直立不動の姿勢で立って、

「誠に申しわけありません」

と、謝罪した。

矢吹は驚いた。——仕事柄、役人が、特に警察官が自分の非を認めて詫びる、などということがほとんどないのをよく知っている。

その警察官を、たった一言で震え上らせるこの伊東という男は何者なのだろう？

「——どうぞ、こちらへ」

と、男はていねいに矢吹を促《うなが》した。

16　深い眠り

「珍しいね、久代が貧血起すなんて」

と、ついて来てくれたクラスメイトが言った。

「それって、私が凄《すご》く丈夫で鈍い、って言ってるように聞こえるけど」

と、坂西久代は言い返した。

「だって、本当に丈夫じゃない」

「もう！　それが貧血起してフラフラの友だちに向って言うこと？」

大分、気分は良くなっていた。

貧血を起したばかりのときは、とてもこんなおしゃべりをする元気はなかった。

体育の時間、バスケットボールをやらされて、久代はつい張り切り過ぎてしまったのだ。――ということより、ほとんどの子はやる気がなく、久代一人でも駆け回らないと、一点も入らないという様子だったのである。

クラスを二つに分けての、相手チームも似たようなもので、真面目《まじめ》にやっているのは、二、三人。後は適当にブラブラ歩いているだけだった。

女子校の体育といえば、こんなものかもしれないが、それでも久代は、「手を抜いて負ける」のが悔《くや》しかった。

おかげで、一人汗をかいて、ゲームが終ったときには、貧血で倒れてしまった、というわけだ。

「保健室で寝てろ」

と、先生に言われて、こうして友だちに付き添われて、廊下を歩いて行く。

まだ授業中なので、静かである。

〈保健室〉のドアを友だちが開ける。

「先生……。いますか」

「はい」

白衣をはおった女性が椅子《いす》から立ち上った。

「あの――」

「聞いたわ。坂西久代さんね」

「はい」

「ベッドに横になって」

「はい……」

久代は、体操着でベッドの上に横になった。

「あなたは、もう戻っていいわ」

と、付き添って来た子へ言うと、久代の手首の脈を取る。

「久代、じゃ、後でね」

「うん、ありがとう」

友だちが出て行く。

久代は、めったに保健室へ来たことがないが、保健担当の先生は知っている。しかし、今、自分を診《み》てくれているのは、違う人だった。

「気分はどう？」

「もう大分いいです」

と、久代は言った。「あの——保健室の先生、変ったんですか？」

「あら、聞いてない？　前の先生、入院されたのよ」

「入院？」

「ええ。それで、その間私が代りに来てるの」

「そうですか……」

久代には、どの道大して関心はなかった。それに、今の先生も、三十代半ばかと思える、やさしい印象の人だ。

「少し眠った方がいいわね」

と、先生が言った。

「でも——次の授業が」

「すぐに動くと、また貧血を起すわよ。もう大丈夫だと思うかもしれないけど、まだ脈が少し弱いし、もう少し休んだ方がいい」

「はい」

先生が、水のコップと、錠剤をてのひらに持って来ると、

「これ、飲んで」

「何の薬ですか?」

「血圧を正常に戻すの。今、低くなってるから。大丈夫、副作用はないから」

「はい……」

正直、薬はあまり飲まないのだが、そう言われていやとも言えず、その錠剤を口へ入れ水で一気に飲み込んだ。

「横になって、目を閉じてらっしゃい。いいわね？」

「はい……」

「眠かったら、眠っていいのよ。眠いってことは、体が睡眠を要求してるんだから」

「はい」

「私、机の所で仕事してるわ。何かあったら呼んで」

——久代はもう返事をしなかった。

少し口を開け、深々と寝息をたてて、眠りに落ちていたのである。


「矢吹さん、お電話」

と呼ばれて、そのみは段ボールと格闘していた手を休め、

「はい！」

と返事をした。

スーパーでも色んな仕事がある。

そのみは、空《から》の段ボールの山を、またそのまま使うものと、処分するものに分け、処分する分をせっせと潰《つぶ》していたのだ。

じっとりと汗をかいている。——今日の仕事は分っていたので、タオルを持って来て

首にかけていた。

そのタオルで汗を拭《ふ》きながら、電話の所へと急ぐ。――愛が連れ去られかけてから、電話が鳴ると一瞬青くなる。

「――はい、矢吹です」

「もしもし……」

と、少しためらいがちな女の声。

「矢吹ですが」

「あの――矢吹さんの奥さんですね」

「はあ」

「私……新井と申します」

「新井さん……ですか」

当惑していると、やがて相手は思い切ったように、

「子役の新井卓也の母でございます」

「あ……。分りました」

中原純を演じていた子の母親だ。

「この間、ご主人とお会いして……。何も知らなかったので、びっくりしました」

「そうでしょうね。私も、よく事情がのみ込めなくて」

「ちょっと――お時間をいただけますか？」

「今ですか？」

「ちょうど、そちらのスーパーのすぐ近くに来ているんですの。少し、出て来ていただけないでしょうか」

「こちらも仕事中で……」

迷ったが、この機会を逃したくない。

「分りました。五、六分待って下さい」

「無理を言って、申しわけありません」

「いいえ。それじゃ、このスーパーの向いに、〈R〉って喫茶店があります。そこで」

「お待ちしています」

そのみは、電話を切ると、主任の江口を捜した。

あの武井の口ききで、正社員にしようといわれたのを断って、そのみは江口に嫌われている。しかし、仕事中に私用で抜けるには、やはり江口の許可がいる。

やっと、江口が棚の前で担当者と打合せしているのを見付けた。

「主任さん。すみません」

と、声をかけると、

「ああ、矢吹さん。どうしたの？」

「申しわけないんですが、私用でちょっと出て来たいんです」

いやな顔をされると覚悟していたが、

「いいですよ」

と、思いがけず快《こころよ》く承知してくれる。

「戻らないのか？」

「いえ、二、三十分で戻ります」

「分った。それじゃ、届もいらない」

よっぽど機嫌がいいとみえる。

そのみはホッとして、急いで化粧室へ入ると、冷たい水で顔を洗い、息をついた。

ふと、思った。——新井卓也の母親が、どうしてこのスーパーを知っているのだろう？　夫が、こんなことまで話したとも思えないが……。

しかし、そんなことで、いつまでも相手を待たせてはおけない。

そのみは急いでロッカールームへ行って、財布を手にすると、社員用の通用口から外へ出た。

――喫茶店に入ると、奥の方の席で、一人の女性が立ち上った。

「――新井さんですね」

「はい。新井信子《のぶこ》と申します。お呼び立てして」

「いいえ。私もお話ししてみたかったんです」

と、そのみは言った。「――紅茶を」

と、注文すると、座り直して、

「で、お話というのは……」

「少し待って下さい。――どうお話ししたものか、さっきから考えているんです」

と、新井信子は言った。

「ええ、分りました」

そのみは焦らないことにした。

ウエイトレスが紅茶を運んで来ると、ゆっくりと飲んだ。

「――ご主人から聞きました」

と、新井信子が言った。「あの中原さんって方は、殺されたんだって、――本当ですか?」

「ええ」

そのみは肯《うなず》いた。そして、サンダル靴の片方が、スーパーのロッカールームに落ちていたことを話して、

「他に考えられないでしょう？　もちろん、そのことにあなたは何の責任もありません。ただ、お子さんにあの仕事を頼んで来たのが誰なのか、伺《うかが》いたいんです」

「仕事といっても、あの子も一応プロダクションに所属していますから、『次はこれをやれ』と言われたら、いちいちどこから来た仕事か、訊《き》いたりせずにやるんです」

「でも、あんな仕事は——」

「ええ、少し気味が悪くて、『一体何のためなの？』って、プロダクションの人に訊いてみました」

「で、何て返事が？」

「これは、極秘の仕事なんだ、と言われました。とっても偉い筋から頼まれたんだって」

「偉い筋から……」

「そうです。それ以上は詳しく訊かなかったんです」

と、新井信子は言った。「でも——もし、犯罪に手を貸すようなことになったら、あの子の将来にかかわります。それが心配で」

その気持はよく分った。

「そのプロダクションの人に会わせていただけないでしょうか」

と、そのみは言った。「そちらにはご迷惑にならないように——と言っても、難しいですね」

「実は——」

と、新井信子は声をひそめて、「他のプロから誘われているんです」

それを聞いて、そのみは思わず身をのり出した。

「それじゃ、こちらがプロダクションの方に伺っても、あなたを困らせることにはなりませんね」

そのみは興奮していた。——謎《なぞ》を解く鍵《かぎ》が見付かるかもしれない。

「ええ、移籍の話が本決りになれば……」

と、新井信子が言いかけると、

「矢吹さん。お客様の矢吹さん、いらっしゃいますか」

と、ウエイトレスが呼んだ。

「——はい」

と、そのみが立ち上ると、

「お電話です」

「すみません」

急いでカウンターへ行って、電話に出る。

「ああ、江口だけど」

「あ。何か……」

「昨日、洗剤の入荷が遅れるって連絡が来てたかい？」

「いえ……。私は聞いていませんけど」

「そう。それならいいんだ。邪魔してごめん」

江口は早口に言って電話を切ってしまった。

「──何よ」

と、そのみは思わず呟《つぶや》いた。

席へ戻りながら、江口がどうして、この店にそのみがいることを知っていたのだろう、
と首をかしげた。

「お忙しいんでしょ、ごめんなさい」

と、新井信子が言った。

「いえ、いいんです。細《こま》かくて口やかましい上司です」

「たいてい、上司ってそうでしょう」

「たぶんね」

と、そのみは笑って言った。

紅茶のカップを手に取る。――飲もうとして、手が止った。

カップの紅茶の表面が円を描くように回っていた。――スプーンでかき回したのだ。

しかし、そのみ自身は、プレーンのまま紅茶を飲んでいるから、かき回していない。

では……。

そのみは、チラッとカウンターの電話の方へ目をやった。

今の江口のわけの分らない電話。しかも、スプーンで紅茶がかき回されて……。

この人だ。――新井信子が、そのみのカップに何か入れて、溶かそうとしてスプーンでかき回したのだ。

江口もぐるなのか。――中原京子の死を巡って、何かが動いている。

どうしよう？　これを飲むわけにはいかない！

ほんの数秒間のことだったろうが、そのみにとっては、その迷っている時間が長く感じられた。

「――あ、いけない！」

そのみは、そのままカップを置くと、

「忘れてたわ。失礼します」

と、カウンターへ立って行って、

「電話、お借りします」

と、言うより早く受話器を上げていた。

考えている暇はない。——そのみは自宅へかけた。

もちろん、この時間、誰もいないわけで、呼出し音が聞こえるだけ。しかし、そのみは、

「もしもし？——あ、お母さんよ」

と、勝手に話しかけた。「ごめんね。今日のこと、忘れてたわ。すぐ帰るから。——いいわね、ちゃんと待っててよ」

と、さっさと受話器を戻して、

「——新井さん、すみません」

と、席へ戻り、「今日、うちの子が、お友だちを連れて来るって言ってたの。すっかり忘れていまして。申しわけありませんけど、これで失礼いたします」

「はい……」

「紅茶のお代を――」

そのみは、千円札を出して置くと、急いで店を出ようとした。

「奥さん」

と、新井信子が呼び止めた。

そのみが振り向くと、新井信子は立ち上って、

「あ、ありがとう」

と頭を下げた。

ふと、そのみは、その声音《こわね》の中に、ホッとした気分を聞き取っていた。

――どうしよう？

そのみはスーパーへと戻りながら、半《なか》ば呆然《ぼうぜん》としていた。

江口までもが、本当にそのみに薬を飲ませようとしたのだったら……。

足を止める。

中原京子はスーパーの中で殺されたのだ。

自分も同じ目にあわないとも限らない。

戻っちゃいけない！

そのみは、スーパーの建物を見上げていたが、やがて足早に社員用の出入口へと向っ

た。

社員の交替の時間ではないので、出入りする人間は少なく、チェックするガードマンは、目の前が商品の搬入口なので、そこへ来たトラックの運転手とおしゃべりしている。

そのみは、簡単に目につかないように中へ入ることができた。

ロッカールームは人気《ひとけ》がない。

急いで仕度をして、そのみは出て行こうとした。

だが、ロッカールームのドアを開けようとしたとき、駆けてくる足音が響いた。とっさに、ロッカーの並べてある奥へ入り、壁との細い隙間《すきま》に体を押し込むようにして隠れた。

ドアが開いて、

「彼女のロッカーは?」

と、苛々《いらいら》した声。

「これです」

「開けてみろ」

——この声は……。

ガタガタと音がして、ロッカーの扉が開けられる。

「――帰ってしまってますよ」

と言ったのは江口だ。

「まずいな！　――連絡しないと」

「どうしましょう？」

「こっちがオロオロしてても始まらない。――いつ出てったか、ガードマンに」

「分りました」

足音が一つ駆け出して行く。

残った男は――武井だった。

武井は一人で残ると、ポケットからケータイを取り出した。

「――もしもし。――あ、武井です」

と、言いにくそうに、「実は、矢吹そのみですが……。失敗しました」

やっぱり！　そのみの考え過ぎではなかったのだ。

しかし、一体誰としゃべっているんだろう？

「――はい、もちろんです。――ですが、中でやるのは避けたいので……」

――聞いていて、そのみの顔から血の気がひいた。

やはり、中原京子はこの中で殺された。――何のために？

「――分りました」

と武井はしゃべっている間に少し落ちついて来た様子。「いや、大丈夫です。あそこは子供が十歳で、その子を押えてしまえば、あの夫婦は言いなりに。――はい、早速行ってみます」

武井は通話を切ると、今度はどこか他へかけて、

「――あ、もしもし？　――僕だよ。――うん、今夜、ちょっと行けなくなるかもしれないんだ。――そう言わないで。大切な仕事があってさ……」

甘ったれたしゃべり方。――女だな、と分る。

愛を連れ去ろうというのか。

娘のことを聞いて――そのみは怒りで体が震え、もう怖《こわ》くなくなった。

あの子は私が守ってみせる！

親が子を守らなくて、誰が守ってくれるというのか。

そのみは、自分でもびっくりするような、烈《はげ》しい闘志に体が熱くなるのを感じたのだった……。

17　出迎え

江口が戻って来て、

「見かけてないそうです。――初めから、帰るつもりで出ていたんでしょうか」

と言った。

「分らないが……。ともかく、彼女の家に誰か人をやってくれ」

「分りました。もし帰ったら？」

「勝手に手は出せない。とりあえず見張らせてくれ」

「それで、これからですが……」

二人は、話しながら店の中へと戻って行ったらしい。足音が聞こえなくなると、そのみはそっとロッカーのかげから姿を見せた。

今なら出られる。

ロッカールームを出て、社員通用口へ向う。――ガードマンは、江口にどう言われたのか知らないが、相変らず運転手とおしゃべりしている。

そのみは、悠々と外へ出た。

ともかく、まず愛の身が心配である。

時間からいうと、そろそろ下校するころ。——塾へ行く子が多く、それぞれみんな忙しい。

どこかの大人が、一人の子を車にでも押し込んで連れ去っても、果して目に止るかどうか。

「タクシー!」

空車が来て、そのみはまるでアメリカ映画のヒロインみたいに、大声でそれを停《と》めていた。

学校までは、車なら数分である。

正門の前でタクシーを降りたそのみは、校庭にチャイムが鳴り渡っているのを聞いてホッとした。

終業のチャイムである。間に合った!

愛のクラスへと急ぐ間、帰る子たちが廊下へゾロゾロと出て来た。

その流れに逆らって、すり抜けて行くと、ちょうど愛のクラスはドアが開いて、生徒たちが出て来た。

愛を捜して、中を覗《のぞ》き込んだが、見えない。

出て来る子たちの中には、もちろんいないのである。

「あ、愛ちゃんのママ」

顔を知っている子が、そのみに気付いた。

「今日は。――愛、いるかしら？」

「愛ちゃん、少し前に帰ったよ」

「え？」

一瞬青ざめた。

「パパが迎えに来たって。――ちょっと前に」

「パパが……」

夫が？　誰かが連れて行こうとする事件があったので、心配して迎えに来たのだろうか？

しかし、他の子より早く帰らせるというのが妙である。

そのみは、教室へ入って行った。

担任の女性教師が、机の上を片付けている。

「先生。――矢吹愛の母です」

と、歩み寄る。

「あ、どうも。愛ちゃんと会いました?」

「いえ……。あの、どうして早く帰ったんでしょう?」

「あら、だって――」

と、当惑した様子で、「ご主人が迎えにみえたってことでした。何か急な用があるとかで」

「確かに主人でしたか?」

「さあ、そう言われると……。事務室の人が迎えに来たんで」

「すみませんでした!」

そのみは、教室から走り出た。

誰かが、夫の名をかたって愛を連れ出したのだ! そうとしか思えなかった。

校舎の出入口にある、事務の窓口へ行くと、もう仕事が終ったのか、カーテンが引かれている。

「すみません! ――どなたかいませんか! すみません!」

窓口のガラス戸を叩《たた》いたが、返事がない。

そのみは、汗がこめかみを伝い落ちるのを感じた。

「――お母さん」

背後で声がした。「何してるの？」

振り返って、そこに愛が立っているのを見ると、そのみは、

「愛ったら……。いたの！」

と言ったきり、その場にしゃがみ込んでしまった。

「どうしたの？」

「何でもないの！　――心配してたのよ、早く帰ったって聞いて」

そのみは愛を抱きしめた。

「お母さん……。他の子が見るよ。やめて」

と、愛はそのみの腕からすり抜けた。

「ごめんなさい」

と、そのみは笑って、「でも、誰が迎えに来たの？」

「お父さん」

そのみは、少し離れた所に立っている夫に気付いた。

「あなた……」

「どうしたんだ？」

「どうしたって……。こっちが訊《き》きたいわよ！」

つい声が高くなる。「心配して迎えに来たのよ。そしたら……」

「おい、大丈夫か？」

矢吹は、そのみがハラハラと涙をこぼすのを見て、びっくりした様子で、

「──どうしたんだ？」

「怖かったの……。とても怖いことがあったのよ」

と、そのみは言った。

「ともかく、こっちへ……。人目につく」

校舎を出ると、矢吹たちは生徒たちの帰り道から外れて、人気のない辺りで足を止めた。

「──もう大丈夫よ。ごめんなさい」

そのみはハンカチを出して涙を拭《ぬぐ》った。

「いや、俺も、早く着いたんで、愛を呼び出しちゃったんだ。心配させて悪かった」

「あなた……。話さなきゃいけないことがあるの」

「何だ？」

「こんな所じゃ……。一旦《いったん》家へ帰りましょう」

「うん、そうするか」

学校を出て、そのみはふと思い出し、

「警察で、何か訊かれたの？」

と言った。

矢吹はちょっと目をそらし、

「まあ……色々だ」

と、曖昧《あいまい》に言った。

二人は、愛を間に、それきり何も話さずに家へと帰って行った……。


「――もうカーテンを閉めるのか？」

と、矢吹が言った。「まだ早いじゃないか」

「見張られてるの」

「何だって？」

「聞いたの。今日、スーパーで」

そのみは、愛がＴＶを見ているのを確かめてから、矢吹を寝室へ連れて行った。

そして、新井信子がスーパーを訪ねて来たことから始めて、紅茶に何か入れられたこと、そして、主任の江口と武井の話を立ち聞きしたことを話して聞かせた。

「――何が起ってるのか、見当もつかないけど、ともかく何かが起ってるのは確かよ」

と、ベッドに腰をおろして、「でも、どうしたらいい？　ここを出て行けばいいのかしら」

「その必要はないさ」

矢吹が隣に腰をおろす。

「――どうして分るの？」

矢吹がそのみの肩を抱いた。

「もう心配しなくていい。――見張られることも、薬を飲まされることもないよ」

そのみは面食らって、

「――何を言ってるの？」

「分ったんだ」

「分った？」

「警察で、話を聞いた」

そのみは、じっと矢吹を見つめた。

「どんな話だったの?」

矢吹は、そのみと目を合せなかった。

「俺たちみたいな、何でもない人間が、あれこれ騒いでどうなる話じゃないんだ。これはもっと大きな話なんだ」

「さっぱり分らないわ」

矢吹が、初めてそのみを見た。

「分らなくていいんだ」

「――え?」

「何も知らなくていい。黙って、今まで通りにしていればいいんだ」

「あなた……」

「もう、心配ない。うちには何の危害も及ばないよ」

「でも、今日私は――」

「もう大丈夫だ。明日からは、何も起らないよ」

「何を聞いて来たの? 話して。ねえ、言って!」

矢吹は立ち上って、

「知らない方がいい」

と言った。「ともかく、もう安全なんだ。——安心してていいんだ」

「あなた——」

「仕事がある。出かけるよ」

「でも……」

「もう忘れよう。あの子役のことも、須藤のことも」

「忘れる？　——じゃ、中原京子さんのことも、川崎エミさんのことも？」

「そうだ」

矢吹は肯《うなず》いて、「忘れるんだ。そうすれば安全なんだ」

と言って、寝室を出て行った。

呆然《ぼうぜん》として、そのみは座り込んでいた。

夫は何を言われて来たのだろう？

玄関から夫が出て行く音がした。

18　本日も異常なし

「何なの、一体?」

と、そのみは言った。

誰に向って言ったのでもない。自分自身に言ったのである。

文句を言うことではないかもしれない。

だって——夫の言った通り、

「何の心配もない」

日々が、戻って来たのだから。

夫は毎日遅く帰って来て、昼ごろまで寝ている。

愛も元気で学校へ通っている。怖いことがあったというのも、忘れかけているようだ。

そして——自分もまた、もう二度と足を運ぶことがないだろうと思っていた、このスーパーで、また働いているのだ。

今は昼食休み。むろん交替だが、それでも二人や三人は一緒になる。

「やあ」

と、親しげに声をかけて来たのは、武井だった。

「――どうも」

「元気そうだね」

「まあ何とか」

「いいかい？」

返事を待たずに、目の前に座る。

喫茶店。――あの新井信子に薬を飲まされかけて逃げ出した店である。

「お忙しいんでしょ」

と、そのみは言った。

「いや、息抜きぐらい必要さ」

と、武井は足を組んで、おっとりとしたポーズを作り、「君も、一時間くらい、休めないか？」

そのみは、何のことやら分らず、

「一時間かけて何をするの？」

と訊《き》いた。

「この近くのホテルへ車で十分。戻りに十分。四十分はベッドにいられるよ」

本気なのか？

そのみは呆気《あっけ》にとられて、武井を眺めた。

「どう？」

「——冗談も休み休み言って」

と、そのみは言った。

「残念だな。本気だぜ」

「もっと悪いわ」

「その内気が変るさ」

「そうは思いませんけど」

武井は笑って、

「実は、話したいことがあるんだ。君も聞きたいだろうと思ってね」

「何のこと？」

「なぜ君が安全になったか」

そのみは愕然《がくぜん》として武井を見た。

「何を知ってるの？」

「さあね」

「話して」

「ここでは無理だ。——付合ってくれるか」

「ホテルに？」

「一番、秘密の話には向いてる」

「でも——」

「分ってる。君の方がその気にならなけりゃ無理にとは言わない」

怪しいものだ。

そのみは、しかし聞きたかった。

それに、いざとなれば、引っかいてもけとばしても抵抗する自信がある。

「——いいわ」

と、そのみは言った。

「そう言ってくれると思った」

武井はニヤリと笑って、「そうと決ったら出かけよう」

そのみは、伝票をつかんで立ち上ると、

「ここは払うわ。ホテル代はそっちで出してちょうだい」

と言った。

意外なことに、武井が車で連れて行ったのは、都心の洒落《しゃれ》たホテルだった。

「――ここ?」

「ま、少しラウンジで時間を潰《つぶ》そう」

「どうして?」

「今に分る」

武井は思わせぶりに言って、そのみをコーヒーラウンジの、奥まった席に連れて行った。

「誰か来るの?」

「うん、君の知ってる人間だ」

武井の目には、冷ややかな色があった。

「――誰なの?」

「もうじき分る」

と武井は言って、「――ああ、一人来たよ。声をかけたりするんじゃないぜ」

振り向いてラウンジへ入って来た女の子を見たそのみは、驚いた。

久代だ。——坂西久代。

あの子がなぜここに？

「知ってるだろ？」

「ええ、同じ棟の子……。どういうことなの？」

「見ていたまえ」

久代はいつになく落ちつかない様子だった。入口に近い席に座り、何か注文しているが、目はいつも入口の方を向いている。

「様子が変だわ。いつも、もっと元気なのに」

と、そのみは言った。

「何か後ろめたいことがあると、人は落ちつかなくなる。違うか？」

それはあなたのことでしょ、と言ってやりたいのを、何とかこらえる。

紅茶を飲んで、久代は、しじゅううつむき加減。何か悩んでいる様子だ。

そういえば、このところ久代と出会っていないし、夫からも話を聞かない。——何があったのだろう？

十五分ほどが過ぎた。

久代は、紅茶を飲み干して、不安そうに何度も腕時計を見ている。

「遅刻はいけないな。特に女を待たせちゃ」

武井は愉《たのし》んでいる口調だった。

そのみは、よほど立って行って、久代に声をかけてやろうと思った。たとえ武井に止められてもいい。

まるで、今にも泣き出すかという久代を見かねて、腰を浮かしかけたとき、久代がホッとしたように手を振るのが見えた。

「やっと来たか」

と、武井が言った。

そのみは、夢を見ているのかと思った。

しかし、それは間違いなく、夫、矢吹徹治だったのだ。

「待っただろう？　ごめんよ」

と矢吹が言った。

久代の言葉は聞き取れないが、ホッと安堵《あんど》しているのが、手に取るように分る。

夫があの子と待ち合せて……。

でも、ショックを受けるほどのことではない。久代が矢吹を何かと頼りにし、心ひかれてもいることは、そのみだって知っている。

ウエイトレスが来るのを、

「僕はいい」

と、矢吹が断って、「——時間がもったいない。行こうか」

「うん」

久代が立ち上る。

久代が先にラウンジを出て、矢吹が支払いをすませると、武井が伝票をつかんで、

「こっちも出よう」

と促《うなが》した。

そのみは、一人で先にラウンジを出た。

夫と久代は？　——そのみの目は、久代の肩を抱いてエレベーターの方へ歩いて行く夫の後ろ姿を捉《とら》えていた。

まさか……。まさか……。

お願いよ、やめて！　それじゃあんまりひどすぎるわ。

だが、二人はそのままエレベーターに乗り込んで、客室フロアへと上って行った……。

——こんなこと……。こんなこと……。

あんまりだわ。あんまりだ……。

武井が、そのみの肩に手をかけた。

「さて、どうする？　奥さん」

エレベーターの中へ、そのみは押されるまま、足を踏み入れていた。

「君の旦那《だんな》と、あの子が楽しんでる所へ踏み込んで、ひと騒ぎやらかすかい？　そんなみっともないことをするより、僕らは僕らで楽しもう。——いいだろう？」

そのみは、フッと肩を落として、

「どうでもいいわ」

と言った。

「そう来なくっちゃ」

武井が楽しそうに声を上げて笑った。

——部屋へ入ると、武井はカーテンを閉め、ベッドサイドの明りをつけた。

「シャワーを浴びる時間がもったいない。そのままでいいだろ」

「一時間じゃ帰れないわよ」

「僕が引き止めたと言えば、誰も文句言わないさ」

武井にベッドへ押し倒される。

もうどうでもいい、と思った。——何もかもおしまいだ。

武井が勝ち誇って、そのみを組み敷くと、

「ずっと、こうしてみたかったんだ」

と言った。

武井の唇が胸もとを探る。——そのみは、突然、激しい嫌悪感に圧倒された。

それは、武井への嫌悪というより、自分を卑《いや》しめている自分自身への嫌悪感だった。

「やめて！」

力をこめて、武井を突き放す。

油断していた武井は、みごとに床へ転がり落ちた。

「いてて……。何するんだ！」

「話を聞きに来たのよ！　こんなことのためじゃないわ！」

そのみは、ベッドから飛び起きると、ドアへと走った。

「待て！」

武井の手が足首をつかみ、そのみは転んだ。

「離してよ！」

「ふざけるな！　ここまで来て逃がすもんか！」

ドアの手前で、二人はもみ合った。

武井が、そのみの体を振り回すように、部屋の中へ投げ出した。テーブルにぶつかって、そのみはそのまま一緒に床へ転げ落ちた。

「諦《あきら》めろ！　君の亭主のことだって、僕次第でどうにでもなるんだ！」

起き上ったそのみの手が、テーブルの上にあった、重い灰皿をつかんでいた。

「そのみ——」

「呼び捨てにしないでよ！」

その灰皿を思い切り武井の頭へ叩きつける。

そして——どれくらいたったろう。

武井は床に突っ伏して動かず、そのみは灰皿を投げ捨てた。

「私のせいじゃないわ！　——あなたが悪いのよ！」

そう叫ぶように言って、そのみは部屋から飛び出したのだった……。

人ごみが、こんなにすてきだなんて……。

そのみは、デパートや書店や、長いショッピングモールを歩き続けた。

スーパーへも連絡しなかった。武井が、気が付いたら怒って連絡を入れるだろう。

「あんな女、クビにしろ！」

とでも……。

この大都会の雑踏の中を歩いていると、誰とも会わずにすむ。そのみが誰で何をしているのか、誰も気にとめない。

放っておかれることの快《こころよ》さ。

足が疲れて棒になるまで、そのみは歩き回った。

そして、いつの間にか夕方になっているのに気付く。

晩秋の夕暮れは早い。――外へ出て、暗くなっていることに気付く。

「夕ご飯の仕度だわ……」

そのみは、デパートへ戻って、食料品売場で、何品かおかずになるものを買ってから、家路についた。

バスを降りて、〈2－9号棟〉の方へ歩いて行く。

全く気付かなかった。

すぐ前を歩いているのが、久代だということに。

「――あ」

エレベーターに乗るとき、二人は初めて顔を見合せた。

「今晩は」

と、久代は小声で言って、目を伏せる。

「今晩は」

エレベーターがゆっくりと上って行く。

久代は四階、そのみは六階だ。

久代には、四階までが、とんでもなく長く感じられただろう。

この子も苦しんでいる。責めてはいけない……。

そのみは、自分へそう言い聞かせた。

しかし、自分が武井と争っていたころ、その少女が夫の腕の中で声を上げていたのかと思うと、もう「子供」とは思えなかった。

エレベーターが四階で停り、扉が開く。

「失礼します」

と、久代が会釈《えしゃく》して降りていく。

「久代ちゃん」

と、そのみは言っていた。「〈Fホテル〉のベッドはどうだった?」

久代がハッと振り向き、二人の目が合う。次の瞬間、扉が二人を隔《へだ》てていた。

——後悔の思いが、そのみを捉えた。

あんなこと言って、どうなるというのか。

久代は十七歳なのだ。責めるのなら、夫を責めなくてはならない。

対等な「大人の女」として対決してしまった自分が、情なかった。

「——ただいま」

「お帰りなさい」

愛が飛び出して来た。「お父さんも帰ってるよ」

「え？」

矢吹が顔を出して、

「そうびっくりすることないだろ」

と、笑った。

「あなた……。別にびっくりはしないけど……」

「俺の晩飯がないのか、もしかして？」

「ちゃんと買って来たわよ」

「良かった！　腹が空《す》いてるんだ」

「すぐ仕度するわ」

そのみは、急いで台所に立った……。

「愛は……」

と、居間へ入って来て、矢吹が訊く。

「眠ってるわ」

「久しぶりに、愛と風呂に入ったな」

と、矢吹はパジャマ姿でソファに寛《くつろ》いだ。

「そろそろ終りかな」

「そうね」

「胸がふくらんで来てるんで、ギョッとしたぞ」

「自分の娘に？　馬鹿ね！」

と、そのみは笑った。

「――なあ」

「え？」

「久代君のことなんだ」

そのみは凍りついた。――矢吹はそんな妻の様子に気付かず、

「君には黙ってたが――」

「何のこと？」

「あの子も、例の『眠れない病気』にとりつかれてる」

思ってもみないことだった。

「久代ちゃんが？」

「気が付かなかったか？　目が充血して、くまができてる」

そのみは口ごもって、

「最近……会ってないから……」

「どうしたのか気になってたんだ。――もう一週間以上、眠ってないと言うんで、びっくりした」

「それで……」

「僕に一緒に寝てくれと言うんだ」

と、矢吹は言った。「――もちろん、変な意味じゃない。ただ、僕のそばで寝たら、眠れるかもしれない、って言うんでね。三日前に、少し時間の空いたとき、ホテルに入った。黙っててすまん。誤解されるのもいやで」

「それで……」

「眠ったんだよ、僕の腕の中で。一時間くらいだったが、生き返ったようになった。それで今日も――」

「今日は？」

「今日は眠れなかった」

矢吹は首を振った。「それでも、ずいぶん気分が楽だというんで、いくらかは良かったのかもしれない」

「そう……」

「君のことを気にしてね」

「私のこと？」

「君に分ったらどうしよう、って。――君だってあの子のことはよく知ってる。心配しなくていいよ、と言ったんだが、申しわけないってくり返して……。あの子に、何も心配いらないと言ってやってくれないか。そしたらあの子も安心する」

――そのみは、夫に顔を見られたくなかった。

何て馬鹿だったんだろう！

どうして、夫にひと言確かめなかったのか？

「分ったわ」

そのみは立ち上った。「今から行ってくる」

「――どこへ?」

「久代ちゃんの所よ」

「おい、何も今すぐでなくても――」

「早い方がいいわ。今夜、良かったらうちへ来て寝ればいい。ともかく行ってくるわ」

そのみは、面食らっている夫を後に、玄関から飛び出した。

久代ちゃん! ――ごめんね!

そのみは、階段を四階へと駆け下りて行った。

19　克服

〈412〉のドアが開いて、坂西恵子《けいこ》が出て来る。

ちょうどそこへ、そのみは駆けつけた。

「坂西さん！　久代ちゃんは？」

と、息せき切って訊くと、

「久代が――いないんです」

坂西恵子は、まだスーツ姿だった。「今帰ってくると、こんなメモが……」

そのみは、恵子の手のメモを覗き込んだ。

走り書きで、

〈矢吹さん、ごめんなさい。奥さんにも。何もなかったんです。本当に！　久代〉

「どこへ行ったんでしょう？　ドアに鍵《かぎ》もかかってなくて……」

恵子はわけが分らずオロオロしている。

そのみはエレベーターへと駆けて行った。

急いで上りボタンを押したが——七階に停っていた箱は、四階を素通りして下りて行った。

だめだ！

そのみは覚悟した。サンダルを脱ぎ捨て、裸足になる。

心臓が破裂してもいい！

そのみは階段を駆け上り始めた。

五階、六階、七階……。

九階まで、一気に上ったが、息苦しくなり、足も上らなくなって来た。——あと少しだ！

十階……十一階。

屋上へ。——やっとの思いで上ったとき、そのみの心臓は本当に破裂するかと思う状態だった。

凍るような風が屋上を吹き抜けていた。

喘《あえ》ぐように、冷たい空気を吸い込んだ。

久代ちゃん！　きっとここにいる！

お願い！　早まったことはしないで！

ヨロヨロと屋上を歩いて行くと――いた！

手すりを乗り越え、外側に立って、どこか遠くを眺めている久代が。

「待って！　だめよ！」

そのみは叫んだつもりだったが、声が出ない。

必死で久代に向って足を運ぶ。

冷たいコンクリートを踏む感触も、ほとんど伝わって来ない。

久代が、気配を感じたのか、振り返って、そのみを見る。

「久代ちゃん！　ごめんなさい！」

と、そのみは声を振り絞った。「何も知らなかったの！」

「そのみさん……」

「やめて。――ね、そんなことしないで！　私が悪かったわ」

そのみが手を差しのべる。

久代は首を振って、

「私……いけないことを考えてた。矢吹さんが好きだから、眠れたの」

「また眠って。――ね？　いいのよ、あの人と一緒にいて眠れるのなら、毎日でもうちに来て寝ていいのよ」

そのみが激しく喘ぎながら必死に話しかけると、久代の目に涙が光った。

「ありがとう……。でも——私、疲れちゃった」

「何言ってるの！　お母さんが今……」

そのとき、

「久代！」

と、声がして、母の恵子と矢吹が屋上へ上って来た。

「久代君！　何してるんだ！」

と、矢吹が叫んだ。「やめるんだ！　そのまま動くんじゃない！　今行くから！」

「来ないで！」

久代が叫ぶ。——矢吹が足を止めて、

「君は疲れてるんだ。何でもない。何でもないことなんだ」

と、くり返した。「しっかりその手すりにつかまって。迎えに行くから」

「私……自分の気持が抑え切れない……」

と、久代が涙声になって、「このままじゃいられないの、ごめんなさい！」

久代が、手すりから手を離した。

「待て！」

矢吹が飛びつくように駆け寄って、落ちて行こうとする久代へ手をのばした。

そのみが思わず目をつぶった。――神様！　一瞬の間。そして……。

「そのみ！」

と、矢吹が叫んだ。「手を貸せ！」

ハッと目を開ける。

矢吹は、落ちて行こうとする久代の右手をつかんでいた。久代の体は、その手一つで空中にぶら下っていたのだ。

「久代ちゃん！」

そのみは駆け寄ると、両手を一杯のばして、宙を探る久代の左手をつかんだ。

「よし、頑張れ！」

矢吹が、身をのり出して久代の右手をしっかり握り直すと、「坂西さん！　誰か呼んで下さい！　近い部屋の人を片っ端から！」

「はい！　すぐに！」

坂西恵子が駆けて行く。

「――久代君、死ぬな！　眠れる日が来る！　必ず来るぞ！」

と、矢吹が叫んだ。

そのみは腕の抜けてしまいそうな痛みに耐えながら、それでも、離してなるものか、と歯を食いしばっていた。

「どこだ！」

「おい、ロープ！」

屋上へ駆け上ってくる男たちの声がした。

助かった！　助かった！

そのみは思わず歓声を上げそうになった。


「——あなた」

寝室に入って、そのみはそっと声をかけた。

ベッドで矢吹が顔を上げる。

「いいの。そのままで」

と、そのみは言った。「——眠ってる？」

「うん、そうらしい」

矢吹の腕の中で、久代が眠っていた。

安心し切ったような、穏やかな眠りだった。

「良かったわ。――いい寝顔ね」

「ああ。坂西さんは？」

「一旦、帰ってもらったわ。大丈夫ですからって言って。気にしてらしたけど」

「僕には責任がある」

と、矢吹が言った。

「あなた……」

「黙っていた僕が卑怯《ひきよう》だった」

矢吹が久代の寝顔を見て、「この子の将来を奪うところだったよ」

「あなた。――新聞に出てたわ」

と、そのみが言った。

「何が？」

「子役と母親が事故死、って。――あの、新井卓也って子と、お母さん。車がスリップしたって……」

矢吹は、一瞬言葉を失った。

「――どう思う？」

と、そのみはベッドのそばに座って言った。

「分ってるだろう」

「殺されたのね」

「そうだ」

「一体何事なの？　――教えて」

と、そのみは言った。「あなたが黙っていても、向うはそう思ってくれないわ」

「――そうだな」

「夫婦でしょ、私たち。危険だって、分け合いましょうよ」

矢吹は久代の頭をそっとなでて、

「須藤が僕に薬を盛ったのを、この子が助けてくれた。――今度は僕がこの子を助けてやらなくちゃな」

と言って、息をついた。「――自衛隊の中で、須藤のような医学部出の研究者を巻き込んで、秘密の研究をしているんだ」

「研究？」

「人間が何日眠らずにいられるか。――兵力の限られた中で、一人に何人分もの働きをさせるための薬だ。――しかし、いずれ薬は効果が失《な》くなる。そのときは、反動で激しく落ち込んで、自殺する者も出る。どういうタイプの、何歳の人間でどういう副作用が出るか。その研究に、団地は最適だ。同じ環境の中、同じような間取りの住居。よく似た生活条件。――余計なファクターに左右されることなく、データが採《と》れる」

そのみは啞然《あぜん》とした。

「じゃ――実験台だったの？　城山さんも？　川崎さんも？」

「普通の生活パターンの城山さん。かなり不規則な生活をしていた川崎君……。そして、女子高校生」

「中原さんは――」

「君の勤めてるスーパーが、この計画に一役買っていた。武井という業者を通してね」

「売ってる食品の中に？」

「それを狙《ねら》ってたんだろう。まず試食のときに、その薬を混ぜてのませた。中原さんは、偶然そのことを知って、殺されたんだろう」

「気分の悪くなったお客が多いと言っていたわ。あれが……」

「僕も狙われた。須藤の古い友人がいると分ったからだ。だけど、久代君の機転で助かった」

「その代り、失敗した須藤さんが殺されたのね」

「そうだ。——僕は、愛をさらわれそうになって、震え上ってしまった。連中の思う壺《つぼ》だと分っていたが……」

「それが当然だわ」

そのみは、夫の手を取って自分の頰《ほお》に当てた。

「——久代ちゃんが」

矢吹の腕の中で、久代がちょっと身動きすると、パチッと目を開いた。

あんまり近くで、ピントが合わなかったのか、矢吹の顔をしばらく当惑顔で見ていたが、

「——あ」

と言って、真赤になった。「矢吹さん！」

「いいのよ」

そのみが、久代の肩を叩《たた》いた。「もっと眠って。好きなだけ、この人を安眠枕《まくら》の代りに使ってちょうだい」

「奥さん……」

久代は深々と息をして、「何だか……深い深い泥沼の底から出て来て、やっと息ができたみたい」

と言った。

「君は薬をのまされてたんだ」

「薬？」

「眠らない薬をね。――何か、変ったものを食べたり、飲んだりしなかった？」

久代が目を見開いて、

「保健室の先生だ！」

と言った。

「先生が？」

「急に、見たことのない人に代ってたの。そこでもらった薬で、凄《すご》く眠ってしまって……。あれって、とても不自然だったし」

「学校でもそんなことが……」

そのみは息をのんだ。「あなた！」

「うん」

矢吹は肯《うなず》いた。「放っちゃおけないな」

――久代は目を覚まして、矢吹の話を聞くと、

「私――良かった。死ななくて」

と、ため息をついた。

「すまなかったね。僕が勇気を持てなかったばっかりに……」

「子供をさらうっておどすなんて！　向うが卑劣だわ」

久代は怒りで顔を真赤にした。

「でも、あなた、どうやって闘うの？」

「そうだな」

矢吹は考え込んで、「あの伊東という男の話だと、この計画には国のずっと上の人間も係《かかわ》ってるってことだった。だから逆らってもむだだと……」

「そんなの、本当かどうか分らないわ」

と、久代が言った。「この団地や、その周辺の、一部でのことかもしれない。ごく一部の人が勝手にやっていることかもしれない。そうでしょ？」

「うん……。確かにね」

「それに『上の人間』なんておかしいわ！　普通に暮してる私たちが、一番上の人間じゃないの。私、負けない！　怖くなんかないわ！」

久代の張り切りようを見て、矢吹はつい笑ってしまった。

「君の言う通りだ。——ともかく、できることからやってみよう」

「インターネットにこの話を流すの。日本じゃ頼りにならないけど、アメリカやヨーロッパのマスコミにも。私、友だちの帰国子女の子に英語で書いてもらって、インターネットで公開するわ」

そう言われると、矢吹は自分がマスコミの世界に身を置きながら、そんなことも考えなかったことが恥ずかしかった。

「よし、やろう。――久代君、お母さんにすべて話しておいてくれ」

「うん」

「そのみ、しばらく愛のことを見ててくれないか」

「母へ預けるわ。私だって、やれることがあるはずよ」

と、そのみは言った。

矢吹は微笑《ほほえ》んだ。

決心すれば、誰だって強くなれる。――矢吹は、そんな簡単なことを忘れていた自分に気付いたのだった。

「私、うちに帰るわ」

と、久代が立ち上って、「奥さん、代りに矢吹さんの腕枕で寝たら？」

「まあ」

そのみが赤くなった。

20　平和な眠り

「届け出があってね」

と、刑事は言った。「この学校の保健の先生が、もう二週間も行方不明だと」

久代は肯いて、

「知ってます」

「君は、その前、よく保健室へ通っていたそうだが、何か知らないか？」

昼休み、職員室へ呼ばれた久代は、刑事に訊かれたのである。

「――知ってます」

と、久代は言った。

「ほう。何を知ってる？」

「何でも」

と、久代は言った。「先生の声を聞きたいですか？」

「何だって？」

久代がポンと手を打って——校内放送のチャイムが鳴って、

「お知らせします。保健室の先生の特別なお話があります」

というアナウンス。

そして、続いて、くたびれ切った声が、

「私は……頼まれたの。この学校の生徒に、新しい薬の効き目をためしてくれって。薬は、人を眠らせなくするもので——これは、自衛隊の一部の人に、警察や民間の人も加わって行われている実験の一つです……」

刑事が真赤になって、

「どこでしゃべってるんだ！」

「——ごめんなさい」

と、先生の声は涙声になって、「いやだと言ったけど、無理におどされて……。十五人の生徒に薬をのませました……」

久代は刑事に言った。

「今、この放送はラジオ番組にも流れてるんです。TV局、新聞にも。——先生は、まだ話すことがあるんです」

「お願い……もう眠らせて……」

久代はニッコリ笑って、

「私たち、先生を裏の物置に閉じこめて、その薬でずーっと眠れないようにしたんです」

「何だって？」

「眠れない苦しさを、自分でも分ってくれないと。違いますか？」

刑事は、他の先生たちと、その物置へと走った。

しかし——いつも人気《ひとけ》のない、その物置の周囲には、今、ＴＶ局や新聞の人間が、カメラを構えて待っていたのである。

タクシーの中でウトウトしていた矢吹は、

「じき団地ですが」

と、運転手に言われて目をさました。

「——ありがとう」

と、欠伸《あくび》をする。

もう真夜中で、道は空《す》いている。都心からも、ずいぶん早かった。

「あの団地って、例の所ですよね。マスコミで大騒ぎした」

と、運転手が言った。

「眠れない薬のね」

「実験台に、なんてふざけてますよね！　外国でも問題になって、結局中止になったんでしょ。良かったですね」

「ありがとう」

「油断も隙《すき》もないね。俺たちが用心しないと」

全くだ。——世間には、自分が「普通の人間じゃない」とうぬぼれている人間がいくらもいるのだ。

当り前に暮している人間が、平和に眠れること。

それが幸福というものだ……。

「——そこを左へ」

と、矢吹は言った。

タクシーを降り、〈2―9〉の棟へと歩いて行く。

こんな時間なのに、明りの点《つ》いた窓も少なくない。夜眠って、昼は働くという時代ではなくなっている。

しかし、眠りは人間が人間らしくあるために必要なものなのだ。

「――矢吹さん」

暗がりから声がした。

足を止めて、

「どなた？」

と訊くと、男が一人、明りの届く所へ出て来た。

「あんたは……」

「分りませんか？」

「伊東さん……でしたね」

と、矢吹は言った。「逮捕されたと聞きましたが」

「逃げましてね」

伊東は、しかし別人のようにやつれ、髪も乱れていた。

「何かご用ですか」

「あんたを見くびっていましたよ。あんたなど、一吹きで吹き飛ばしてやれると思っていた」

「僕はエリートでも何でもない。しかし、エリートと違って、踏みつけられても起き上る強さを持ってましてね」

——実際、一旦崩れ始めると早かった。

事件が明るみに出ると、関係者は、

「自分の責任じゃない」

と言いつのって、互いに罪のなすり合いを始めた。

「全くね」

と、伊東は言った。「情ないものです」

「僕はもう帰って寝るので。失礼します」

と行きかけると、

「待った」

伊東が拳銃《けんじゅう》を取り出した。

「——僕一人撃って、どうなるというんです？　あんなことは許さないと怒った人たち、全部殺してたら、何百年もかかりますよ」

「しかし、このままじゃ気がすまなくてね」

「どうぞご自由に」

矢吹は構わず、伊東に背を向けて歩き出した。

「待て！　お前みたいな奴が国をだめにしてるんだ！」

伊東の声はヒステリックに響いた。「逃げるのか！」

構わずに歩いた。

そして——銃声が夜の団地に響いた。

振り向くと、伊東自身が倒れているのが見える。

「あなた！　どうしたの？」

そのみが棟から走り出てくる。

「何でもない。大丈夫だ」

矢吹は、そのみとエレベーターで六階へと上って行った。

「今日、久代ちゃんがね——」

「何だい？」

「彼氏を連れて来てたのよ。同じ十七の、ノッポの男の子」

「へえ」

「ちょっと残念？」

「冷やかすなよ」

そのみは笑って、夫にキスした。

エレベーターの扉が開くと、愛が立っていた。両親がキスしているのを眺めて、愛は、

「おい……」

ちょっと目をパチクリさせると、

「今、忙しい？」

と言った。

解説

山前《やままえ》　譲《ゆずる》
（推理小説研究家）

日常と非日常の狭間《はざま》にサスペンスは潜んでいる——赤川次郎氏の『眠れない町』を読みおえたならばきっとそう思うに違いない。と、光文社文庫既刊の『非武装地帯』の解説とまったく同文で始めてしまった。原稿料の二重取りだと誰かに言われそうだが、二〇〇一年一月に徳間書店より刊行された本書もまた、この一文がぴったり当てはまるのだから仕方がないのである。ただ、サスペンス・ミステリーとしての展開はまったく逆なのだ。この二長編を対比させるのもまったく無意味なことではないのである。

『非武装地帯』では、豪邸に引っ越した一家が早々に暴力団の跡目争いに巻き込まれていた。もしサスペンス曲線というものが描けるのであれば、サスペンス度は最初からマックスに近い。一方この『眠れない町』は、原点をスタートしたサスペンス曲線が、奇妙な出来事の連鎖によって、しだいにゆっくりと右肩上がりとなり、真相が明らかになるラストでピークを迎えている。これが逆という意味なのだ。

『眠れない町』のサスペンスのキーワードは二つある。最初から明らかにされている〈団地〉としだいに明らかになっていく〈眠り〉である。

徹夜明けのその朝、大きな団地に住むフリーライター兼編集者の矢吹徹治は、所属している編集プロダクションにレイアウトを届けるため、〈605〉の自宅を出た。眠いけれど、そしてちょうど通勤ラッシュの時間帯でいやではあるけれど、仕事とあっては仕方がない。

なかなか来ないエレベーターに矢吹がため息をついていると、同じ棟の十階に住む城山が階段の方から声をかけてきた。歩きましょうよ、下まで――と。階段を下りてバス停へと駆けだしたふたりは、なんとかバスに間に合った。バスが電車の最寄り駅に着き、城山は改札口に急ぐ。矢吹は少しゆっくり乗ることにした。

そこで出会ったのが十七歳の女子高生、坂西久代である。彼女も矢吹と同じ〈2―9号棟〉の〈412〉に住んでいる。母親との二人暮らしである。矢吹と高校へ向う久代が一緒にホームに上って行くと、城山が手すりにもたれて立っていた。意識がない。駆けつけた救急隊員が言うのだった。もう亡くなってますよ――と。犯罪性はなかった。病死と判断されるのだった。

改めて言うまでもないことだろうが、『眠れない町』の〈団地〉は工業団地や商業団地ではなく住宅団地である。団地に厳密な定義はないようで、そして建設の主体によって呼称はいくつかあるようだが、団地のイメージはやはり一九五五年に誕生した日本住宅公団の団地、公団住宅によって作られてきたのではないだろうか。当時の日本にあってはじつにモダンな住まいだったという。

ただ、外観的には、あまり区別のつかない四角いコンクリートの塊のような建物が林立している、というちょっと生活感のないイメージがあるのも確かである。その区別が難しいという特徴がミステリーのトリックに生かされてもきた。具体的な例を挙げるわけにはいかないのだけれど。

老朽化によって建て替えがすすめられ、近年はニュータウンと呼ばれることもあるようだが、まだ昔ながらの団地という呼称のほうがしっくりくるのではないだろうか。ただ、高齢化が進むなど、団地の居住者の様子はずいぶんと変わってしまったようだ。

赤川作品には団地の住人が関係したミステリーが少なくない。石津《いしづ》刑事が片山晴美《かたやまはるみ》との結婚を夢見て団地に引っ越している『三毛猫ホームズの怪談』(一九八〇)、団地に住む主婦を主人公にした連作の『ホームタウンの事件簿』(一九八二)、やはり連作で団地住まいの主婦が活躍する『こちら、団地探偵局』(一九八三)とその続編『こちら、団地探偵局PARTⅡ』(一九九〇)などがまず挙げられる。

さらに、団地の新住民と旧住民の感情のもつれに十七歳の女子高生が巻き込まれていく『まっしろな窓』（一九八六）、団地住まいの平凡な主婦がなんと宝くじに当せんしてしまう『寝過ごした女神』（一九八七）、団地のベランダから落ちてきた植木鉢でセールスマンが死んでしまう『万有引力の殺意』（一九八八）、団地住まいの主婦の一人息子がベランダから落ちそうになったことが発端の『二階の沈黙』（一九八八）、団地近くの公園で主婦が殺されたことからかつての「悪」が蘇る『悪の華』（一九九〇）と、赤川作品らしい多彩な団地ミステリーが展開されてきた。

近年の作品にも、不思議な能力を持つ団地住まいの主婦を主人公にした『悪夢に架ける橋』（二〇一七）や、二十一年前に団地で起こった殺人事件の真実が明らかになっていく『7番街の殺人』（二〇一七）がある。一九九三年刊の近未来サスペンス『駆け込み団地の黄昏』はまさに異色作だ。外部の干渉を拒否した団地にはそれぞれに心の傷を負った人々が暮らしていたが、そこに現職大臣の妻が駆け込んできたのである。「駆け込み団地」は一躍注目を集めることになるのだった。

さまざまなライフスタイルの住民の集合体である団地には、当然ながらさまざまな感情が渦《うず》巻いている。そして地方へ行けばひとつの町をなすぐらいの数の人たちの集合体である。建物の外観や間取りが画一的であっても、住民は画一的ではないのだ。

この『眠れない町』では、矢吹の知り合いが同じ団地に引っ越してきたりもするなか、サスペンスの萌芽《ほうが》がそこかしこに見えてくる。住民の病死、そして自殺に自殺未遂と、〈団地〉の日常がしだいに乱されていくのだった。

徹夜明けで向った駅で同じ団地の住人の死と遭遇した矢吹は、〝三十二、三までは、二日三日徹夜しても後に疲れが残らなかった〟という。もしかすると俺もそうだったと同調する読者がいるかもしれない。

研究によると、徹夜の一日目はドーパミンが放出されてやる気が出て来るという。しかし、二日目、三日目となると健康状態は悪化していき、幻覚を見ることもあるそうだ。なんでも研究者による実験では最長不眠記録が二百六十四時間！　驚くことに治験者の健康には問題がなかったというが、一般的には三日も徹夜したらそれから何日間かは使いものにならないだろう。やはり十分な睡眠は健康のために必要だ。

矢吹がまず〈眠り〉の異変に気付いたのは、団地内の集会所で執《と》り行われた城山の告別式の席だった。主人が死んだのは矢吹のせいだと言いがかりをつけてきた城山の妻によると、城山は何日も眠れずに苦しんでいたというのである。

さらに、矢吹の妻のそのみが働くスーパーで女性が続けて貧血を起こしたり、フリーの編集者が目を赤くしてもう四日も眠っていないと矢吹に漏らしたり……。

自分の周りに死の匂いの漂っていることに気付いた矢吹は、自宅でそのみや久代に言うのだった。一連の出来事が、どこかでつながってるってことは確かだろう——と。だが、それは危険な指摘だったのである。「眠り」の魔手がしだいに矢吹家に伸びてくるのだった。

「眠り」にまつわる不可解な出来事はいったい何を示唆《しさ》しているのだろう。その真相はタイトルの『眠れない町』に秘められている。『眠らない町』なら、たとえば不夜城ともかつて称された東京の新宿歌舞伎町《かぶきちょう》のような、大都会の繁華街をイメージできる。二十四時間、賑《にぎ》わっているからだ。

しかし、町が眠れないとはいったいどういう意味なのだろう。町は突き詰めていけば無機物であり、もちろん眠るはずはない。いびきをかいたり歯ぎしりをしたりはしないのだ。ところがその町に住む人々の「眠り」に……。

解説を先に読んでしまう読者には真相を示唆してしまうから類似のテーマの作品は挙げられないけれど、この『眠れない町』は数多い赤川作品においてとりわけ重要な流れのなかに位置している。いつしか現代社会においてまったく非現実的とは思えなくなってしまった不安がテーマ、とだけ言っておこう。

二つのテーマ、〈団地〉と〈眠り〉がついにクロスし、真相が明らかにされてこの長編のサスペンス曲線はピークに達する。いや、それは真のピークではなかった。矢吹がタクシーから降り、自宅のある〈2－9〉の棟へ歩いていくとそこには——。『非武装地帯』が紙の上に最初からどっとインクを落としたサスペンスだとすれば、『眠れない町』は小さな一滴が紙の上でしだいに広がっていくようなサスペンスだ。それぞれの作品でサスペンス・ミステリーの醍醐味を楽しめるに違いない。

二〇〇三年二月　徳間文庫刊

光文社文庫

長編サスペンス・ミステリー

眠《ねむ》れない町《まち》

著　者　赤《あか》川《がわ》次《じ》郎《ろう》

2024年10月20日　初版1刷発行

発行者　三　宅　貴　久
印　刷　萩　原　印　刷
製　本　ナショナル製本

発行所　株式会社　光　文　社
〒112-8011　東京都文京区音羽1-16-6
電話（03）5395-8147　編　集　部
8116　書籍販売部
8125　制　作　部

落丁本・乱丁本は制作部にご連絡くだされば、お取替えいたします。
ISBN978-4-334-10464-1　Printed in Japan

組版　萩原印刷

赤川次郎ファン・クラブ

三毛猫ホームズと仲間たち

入会のご案内

会員特典

★会誌「三毛猫ホームズの事件簿」(年４回発行)
会誌の内容は、会員だけが読めるショートショート(肉筆原稿を掲載)、赤川先生の近況報告、先生への質問コーナーなど盛りだくさん。

★ファンの集いを開催
毎年、ファンの集いを開催。記念写真の撮影、サイン会など、先生と直接お話しできる数少ない機会です。

★「赤川次郎全作品リスト」
600冊を超える著作を検索できる目録を毎年７月に更新。ファン必携のリストです。

ご入会希望の方は、必ず封書で、〒、住所、氏名を明記の上、110円切手１枚を同封し、下記までお送りください。(個人情報は、規定により本来の目的以外に使用せず大切に扱わせていただきます)

〒112-8011
東京都文京区音羽 1-16-6
(株)光文社　文芸編集部内
「赤川次郎Ｆ・Ｃに入りたい」係